· 可可爱爱的世界名

百万英镑

吉竹伸介插图本

[美] 马克·吐温 著　[日] 堀川志野舞 企划

[日] 吉竹伸介 绘　张友松 刘荣跃 译

中信出版集团 | 北京

图书在版编目（CIP）数据

百万英镑 /（美）马克·吐温著；（日）吉竹伸介绘；
张友松，刘荣跃译 . -- 北京：中信出版社，2022.9（2023.11 重印）
（可可爱爱的世界名著）
ISBN 978-7-5217-4540-5

Ⅰ.①百⋯ Ⅱ.①马⋯ ②吉⋯ ③张⋯ ④刘⋯ Ⅲ.
①短篇小说－小说集－美国－近代 Ⅳ.① I712.44

中国版本图书馆 CIP 数据核字（2022）第 142558 号

HYAKUMAN PONDO SHIHEI by Shinobu Horikawa & Shinsuke Yoshitake
Copyright © 2017 Shinobu Horikawa & Shinsuke Yoshitake
All rights reserved.
Original Japanese edition published by Rironsha Co., Ltd.
Simplified Chinese translation copyright © 2022 by CITIC Press Corporation
This Simplified Chinese edition published by arrangement with Rironsha Co., Ltd., Tokyo, through
HonnoKizuna, Inc., Tokyo, and BARDON CHINESE CREATIVE AGENCY LIMITED

本书仅限中国大陆地区发行销售

百万英镑
（可可爱爱的世界名著）

著　　者：〔美〕马克·吐温
企　　划：〔日〕堀川志野舞
绘　　者：〔日〕吉竹伸介
译　　者：张友松　刘荣跃
出版发行：中信出版集团股份有限公司
　　　　　（北京市朝阳区东三环北路 27 号嘉铭中心　邮编　100020）
承　印　者：北京盛通印刷股份有限公司

开　　本：787mm×1092mm　1/32　　印　张：6.25　　字　数：71 千字
版　　次：2022 年 9 月第 1 版　　　　印　次：2023 年 11 月第 4 次印刷
京权图字：01-2022-2905
书　　号：ISBN 978-7-5217-4540-5
定　　价：22.00 元

版权所有·侵权必究
如有印刷、装订问题，本公司负责调换。
服务热线：400-600-8099
投稿邮箱：author@citicpub.com

目录

序

马克·吐温（1835—1910），原名萨缪尔·兰亨·克莱门斯，1835 年 11 月 30 日出生于美国密苏里州门罗县的佛罗里达村。四岁时，随全家迁居至密西西比河畔的小镇汉尼拔。父亲约翰·克莱门斯，二十岁刚过即获得律师证书，当过村里的治安法官，还开过杂货店，但命运不济，一生穷困潦倒。马克·吐温是他的第五个孩子。

十二岁时，父亲去世，马克·吐温便开始独立谋生，先在印刷所当学徒，后来当了排字工人。1857 年，他来到航行于密西西比河的"保罗·琼斯"号汽轮上学习领港技术，1859 年，正式成为

"宾夕法尼亚"号快艇上的领港员。但好景不长，1861 年，南北战争爆发，密西西比河上的航运业停止，马克·吐温改去西部淘金，与人合伙开采银矿。失败后，他只得在一家石英厂当筛砂工，因体力不支，又被解雇。1862 年底，他应聘成为弗吉尼亚市《企业报》唯一的一名记者，并以"马克·吐温"为笔名，开始撰写通讯报道和幽默小品，从此走上文学创作之路。1865 年，他根据民间传说写成的短篇小说《卡拉维拉县有名的跳蛙》，在纽约的《星期六邮报》上发表，使他一夜之间在美国声名鹊起。1866—1868 年，马克·吐温作为特约通讯员去欧洲、中东采访。1869 年，他将所写通讯选编成集，题名《傻子国外旅行记》，出版后很受欢迎。1872 年后，他主要从事文学创作。他创作的长篇小说除代表作《汤姆·索亚历险记》(1876)、《王子与贫儿》(1881)《哈克贝利·费恩历险记》(1885) 外，还有《镀金时代》（1874，和华尔纳合写）、《亚瑟王朝廷上的康涅狄格美国佬》（1889）、《傻瓜威尔逊》（1894）、《贞德传》（1895）；此外，还有随笔《在密西西比河上》（1883）、《赤道旅行记》（1897），以及近两百篇中、短篇小说和大量的文论、演讲等。除了从事文学创作外，马克·吐温有时也举行公开演讲，其间还曾经营过出版公司及投资排字机公司。后因公司破产，他曾赴欧洲居住，1900年返回美国。1910年4月21日，马克·吐温因心脏病逝世于康涅狄格州的雷丁。

马克·吐温是一位富有同情心和正义感的作家，擅长幽默和讽刺。他虽以写轻松、夸张的趣闻逸事走上文坛，但进入创作的中后期后，加强了讽刺和批判，主题也趋向严肃，对社会上的种种黑幕和不公进行了无情的揭露和鞭挞。他的思想和创作经历了从轻松调笑到辛辣讽刺，直到最后走向悲观厌世的历程。正如鲁迅在为他的小说《夏娃日记》中译本所作序中指出的,他"在幽默中又含着哀怨,含着讽刺,则是不甘于这样的生活的缘故"。值得指出的是,他曾积极支持中国人民的反帝斗争。1900年11月,在入侵的八国联军逼近北京前夕,他曾公开发表演说,说"我的同情在中国人民一边",主张把侵略者"赶出中国",并祝愿"中国人民取得成功"。

马克·吐温的作品富有鲜明的美国特色,内容生动,引人入胜。他不仅继承了美国幽默文学的传统,用错位的手法来揭示世事的荒唐,而且还把现实主义的精心刻画和浪漫主义的抒情描写交织在一起,形成了一种主题严肃、笔法幽默的独特艺术风格,开辟了口语体的新境界。他的这种口语化的叙述语言使文字清新生动,也使故事富有浓郁的生活气息,读来仿佛置身其中,如闻其声,如见其人,增强了故事的感染力。他的这种创作风格，使美国文学彻底摆脱英国文学的"斯文传统"，真正走向独立和成熟，因而他在美国文学史上占有举足轻重的地位。

马克·吐温之所以成为美国和世界文坛上的一位著名作家，当然离不开他的长篇小说《汤姆·索亚历险记》和《哈克贝利·费恩历险记》，但更能代表他独特风格，体现他对世态人情的把握的是他的中短篇小说。在这些小说中，作者发挥了极度夸张的艺术想象，采用幽默、戏谑乃至离奇的手法，塑造了众多老实、天真的小人物，对社会生活中的种种弊端和恶行做了辛酸的嘲讽和抨击。马克·吐温堪称"黑色幽默"的先驱。

宋兆霖

他是否还在人间

1892 年 3 月间，我在里维埃拉区的门多涅①游玩。在这个幽静的地方，你可以单独享受几英里外的蒙特卡罗②和尼斯③所能与大家共同享受的一切好处。这就是说，那儿有灿烂的阳光，清新的空气和闪耀的、蔚蓝的海，而没有煞风景的喧嚣、扰攘，以及奇装异服和浮华的炫耀。门多涅是个

---

① 门多涅：位于法国东南、意大利西北部的地中海海滨，是度假胜地。——编者注
② 蒙特卡罗：位于摩纳哥公国南部的地中海海滨，是著名赌城。——编者注
③ 尼斯：位于法国南部地中海沿岸，里维埃拉区的另一消闲地点。——编者注

清静、纯朴、闲散而不讲究排场的地方；阔人和浮华的人物都不到那儿去。我是说，一般而论，阔人是不到那儿去的。偶尔也会有阔人来，我不久就结识了其中的一位。我姑且把他叫作史密斯吧——这多少是有些替他保守秘密的意思。有一天，在英格兰旅馆里，我们用第二道早餐的时候，他忽然大声喊道：

"快点！你注意看门里出去的那个人，你仔细看清楚。"

"为什么？"

"你知道他是谁吗？"

"知道。你还没有来，他就在这儿住过好几天了。听说他是里昂一个很阔的绸缎厂老板，现在年老不干了。我看他简直是孤单得很，因为他老是显得那么苦闷的样子，无精打采，从不跟谁谈谈话。他的名字叫席奥斐尔·麦格南。"

　　我以为这下子史密斯会继续说下去，把他对这位麦格南先生所表示的绝大兴趣说出个所以然来。但是他却没有说什么，反而转入沉思，几分钟之后，显然把我和其他一切都完全忘到九霄云外去了。他时而伸手搔一搔他那轻柔的白发，以便有助他思考，早餐冷掉他也不管。后来他才说：

　　"哎，忘了。我怎么也想不起来了。"

　　"想不起什么事呀？"

　　"我说的是安徒生的一篇很妙的小故事。可是我把它忘了。这故事有一部分大致是这样的：有个小孩儿，他有一只养在笼子里的小鸟，他很爱它，可是又不知道当心招呼它。这鸟儿唱出歌来，可是没有人听，没有人理会；后来这个小把戏肚子也饿了，口也渴了，于是它的歌声就变得凄凉而微弱，最后终于停止了——鸟儿死了。小孩儿过来一看，简直伤心得要命，懊悔莫及；他只好含着伤心的眼泪，唉声叹气地把他的玩伴们叫来，大家怀着极深切的悲恸，给这小鸟儿举行了隆重的葬礼。可是这些小家伙可不知道，并不光是孩子们让诗人饿死，然后花许多钱给他们办丧事和立纪念碑，这些钱如果花在他们生前，那是足够养活他们的，还可以让他们过舒服日子哩。那么……"

但是这时候我们的谈话被打断了。那天晚上十点钟左右，我又碰到史密斯，他邀我上楼去，到他的会客室里陪他抽烟，喝热的苏格兰威士忌。那个房间是个很惬意的地方，里面摆着舒适的椅子，装着喜气洋洋的灯，壁炉里和善可亲的火燃烧着干硬的橄榄木柴。再加上外面那低沉的海涛澎湃声，更使这里的一切达到了美满的境界。我们喝完了第二杯威士忌，谈了许多随意的、称心的闲话之后，史密斯说：

"现在我们喝得兴致很够了——我正好趁此

讲一个稀奇的故事，你听我讲。这事情是个保守了多年的秘密——这秘密只有我和另外三个人知道；现在我可要拆穿这个西洋镜了。你现在兴致好吗？"

"好极了。你往下说吧。"

下面就是他说给我听的故事：

"多年以前，我是个年轻的画家——实在是个非常年轻的画家——我在法国的乡村随意漫游、到处写生，不久就和两个可爱的法国青年凑到一起了，他们也和我干着一样的事情。我们那股快活劲儿就像那股穷劲儿一样，也可以说，那股穷劲儿就像那股快活劲儿一样——你爱怎么说就怎么说吧。克劳德·弗雷尔和卡尔·包兰日尔——这就是那两个小伙子的名字；真是两个可爱的小伙子，太可爱了，老是兴致勃勃的，简直就和贫穷开玩笑，不管风霜雨雪，日子老是过得怪有劲儿的。

"后来我们在布勒敦的一个乡村里，简直穷得走投无路。碰巧有一个和我们一样穷的画家把我们收留下来了，这下子简直是救了我们的命——法朗斯瓦·米勒——"

"怎么！就是那伟大的法朗斯瓦·米勒吗？"

"伟大？那时候他也并不见得比我们伟大到哪儿去哩。就连在他自己那个村子里，他也没有什么名气。他简直穷得不像话，除了萝卜，他就没有什么可以给我们吃的，并且有时连萝卜也接不上气。我们四个人成了忠实可靠、互相疼爱的朋友，简直是难分难舍。我们在一起拼命地画呀画的，作品是越堆越多，越堆越多，可就是很难得卖掉一件。我们大伙儿过的日子真是痛快极了；可是，也实在可怜！我们有时候简直是活受罪！

"我们就像这样熬过了两年多的时光。最后有一天，克劳德说：

"'伙计们，我们已经山穷水尽了。你们明白不明白？——十足地山穷水尽。谁都不干了——简直是大家联合起来跟我们过不去哩。我都跑遍了整个村子，结果就是我说的那样。他们根本不肯再赊给我们一分钱的东西了，非叫我们先还清旧账不可。'

"这可真叫我们垂头丧气。每个人都满脸发白，一副狼狈相。这下子我们可知道自己的处境实在是糟糕透了。大家很久没有作声。最后米勒叹了一口气说道：

"'我也想不出什么主意来——一筹莫展。伙计们，想个办法吧。'

"没有回答，除非凄惨的沉默也可以叫作回答。卡尔站起来，神经紧张地来回走了一阵，然后说道：

"'真是丢人！你看这些画：一堆一堆的，都是些好画，比得上欧洲任何一个人的作品——不管他是谁。是呀，并且还有许多闲逛的陌生人都是这么说——反正意思总差不多是这样。'

"'可就是不买。'米勒说。

"'那倒没关系，反正他们这么说了，而且这是真话。就说你那幅《晚祷》吧！难道会有人跟我说……'

"'别提了，卡尔——我那幅《晚祷》嘛！有人出过五法郎要买它。'

"'什么时候？'

"'谁出这价钱？'

"'他在哪儿？'

"'你怎么不答应他？'

"'得了——大伙儿别这么一齐说话呀。我以为他会多出几个钱——我觉得很有把握——看他那神

气是要多出的——所以我就讨价八法郎。'

"'得——那么后来呢？'

"'他说他再来找我。'

"'真是糟糕透顶！哎，法朗斯瓦——'

"'啊，我知道——我知道！不该那样，我简直是个大傻瓜。伙计们，我本意是很好的，你们也会承认这一点，我……'

"'嘻，那还用说，我们也明白，老天爷保佑你这好心肠的人吧；可是下次你可千万别再这么傻呀。'

"'我？我但愿有人拿一棵大白菜来跟我们换就好了——你瞧着吧！'

"'大白菜嘛！啊，别提这个——提起来真叫我淌口水。说点儿别的不那么叫人难受的事情吧。'

"'伙计们，'卡尔说，'难道这些画没有价值吗？你们说呀。'

　　"'谁说没价值!'

　　"'难道不是有很大很高的价值吗? 你们说吧。'

　　"'是呀。'

　　"'价值确实是大得很、高得很,如果能给它们安上一个鼎鼎大名的作者,那一定能卖到了不得的价钱。是不是这么回事?'

　　"'当然是这样的。谁也不会怀疑你这个说法。'

　　"'可是——我并不是开玩笑——究竟我这话对不对呀?'

　　"'噢,那当然是不错的——我们也并不是在开玩笑。可是那又怎样? 那又怎样? 那与我们有什么相干?'

　　"'我想这么办,伙计们——我们就给这些画硬安上一个鼎鼎大名的画家的名字!'

　　"活跃的谈话停止了。大家怀疑地转过脸来望着卡尔。他葫芦里究竟卖的什么药呢? 上哪儿去借一个鼎鼎大名呢？叫谁去借呢？

"卡尔坐下来，说道：

"'现在我要一本正经地提出一个办法来。我认为我们要想不进游民收容所，就唯有走这条路，并且我还相信这是个十分有把握的办法。我这个意见是以人类历史上各色各样的、大家早已公认的事实为根据的，我相信我这个计划一定能使我们大伙儿都发财。'

"'发财！你简直是发神经。'

"'不，我可没发神经。'

"'哼，还说没有！——你明明是发神经了。你说怎么叫作发财？'

"'每人十万法郎吧。'

"'他的确是害精神病，我早就知道了。'

"'是呀，他是有精神病。卡尔，实在也是你穷得太难受了，所以就……'

"'卡尔，你应该吃个药丸，马上到床上去躺着。'

"'先拿绷带给他捆上吧 —— 捆上他的头，然后……'

"'不对，捆上他的脚跟才行；这几个星期，他的脑子老在往脚底下坠，直想开小差哩——我已经看出来了。'

"'住嘴！'米勒装出一副庄严的样子说，'且让这孩子把他的话说完嘛。那么，好吧——卡尔，把你的计划说出来吧。究竟是怎么个妙计？'

"'好吧，那么，我先来个开场白，请你们注意人类历史上这么一个事实，那就是有许多艺术家的才华都是一直到他们饿死了之后才被人赏识的。这种事情发生的次数太多了，我简直敢于根据它来创出一条定律。这个定律就是：每个无名的、没人理会的艺术家在他死后总会被人赏识，而且一定要等

他死后才行，那时候他的画也就身价百倍了。我的计划是这样：我们一定要抽签——几个人当中有一个要死去才行。'

"他说得满不在乎，也完全出人意外，所以我们几乎忘记惊跳起来。随后，大家又大声叫嚷，纷纷提出办法——治病的办法——帮卡尔治他的脑子；可是他耐心地等着大家这一场穷开心平静下来，然后才继续说他的计划：

"'是呀，我们反正得死一个人，为的是救其余的几个——也救他自己。我们可以抽签。抽中的一个就会一举成名，我们大家都会发财。好好儿听着嘛，喂——好好儿听着嘛，别插嘴——我敢说我并不是在这儿胡说八道。我的主意是这样的：在今后这三个月里，被选定要死的那一位就拼命地画，尽量积存画稿——并不要正式的画，不用！只要画些写生的草稿就行，随便弄些习作，没有画完的习作，随便勾几笔的习作也行，每张上面用彩色画笔涂它几下——当然是毫无意义的，反正总是他画的，要题上作者的名字；每天画它五十来张，每张上面都叫它带上点儿特点或是派头，让人容易看出是他的作品……你们都知道，就是这些东西最能卖钱。在这位伟大画家去世之后，大家就会出大得叫人不相信的价钱来替世界各地的博物馆搜购这些杰作；我们就给准备一大堆这样的作品——一大堆！在这段时间里，我们其余的人就要忙着给这位将死的画家拼命鼓吹，并且在巴黎和在那些商人身上下一番功夫——这是给那桩未来的事件做的准备功夫，知道吧；等到一切都布置就绪，趁着热火朝天的时候，我们就向他们突然宣布画家的死讯，举行一个热闹的葬礼。你们明白这个主意吗？'

"'不——大明白，至少是还不十分……'

"'还不十分明白？这还不懂？那个人并不要真的死去；他只要改名换姓，销声匿迹就行了；我们弄个假人一埋，大家假装哭一场，叫全世界的人也陪着哭吧。我……'

"可是大家根本没有让他把话说完。每个人都爆发出一阵欢呼，连声称妙；大家都跳起来，在屋子里蹦来蹦去，彼此互相拥抱，欢天喜地地表示感激和愉快。我们把这个伟大的计划一连谈了好几个钟头，简直连肚子都不觉得饿了。最后，一切详细办法都安排得很满意的时候，照我们的说法，我们就举行抽签，结果选定了米勒——选定他死。于是我们大家把那些非到最后关头舍不得拿出来的小东西——做纪念的小装饰品之类——凑到一起，这些东西，只有一个人到了无可奈何的时候，才肯拿来作赌注，企图一本万利地发个财。我们把它们当掉，当来的钱勉强

够我们省俭地吃一顿告别的晚餐和早餐，只留下
了几个法郎做出门的用度，还给米勒买了一些萝
卜之类的东西，够他吃几天的。

　　"第二天一清早，我们三个人刚吃完早饭就分
途出发——当然是靠两条腿啰。每人都带着十几张
米勒的小画，打算把它们卖掉。卡尔朝着巴黎那边
走，他要到那儿去开始下一番功夫，替米勒把名声
鼓吹起来，好给后来的那个伟大的日子做好准备。
克劳德和我决定各走一条路，都到法国各地乱跑
一场。

　　"这以后，我们的遭遇之顺利和痛快，真要叫
你听了大吃一惊。我走了两天，才开始干起来。我
在一个大城市的郊外开始给一座别墅写生——因为
我看见别墅的主人站在楼上的阳台上。于是他下来
看我画——我也料到了他会来。我画得很快，故意
吸引他的兴趣。他偶尔不由自主地说一两句称赞的

话，后来就越说越带劲儿了，他简直说我是一位大画家！

"我把画笔搁下，伸手到皮包里取出一张米勒的作品来，指着角上的签名，怪得意地说：

"'我想你当然认识这个喽？嗨，他就是我的老师！所以我是应该懂得这一行的！'

"这位先生好像犯了什么错似的，显得局促不安，没有作声。我很惋惜地说：

"'你想必不是说连法朗斯瓦·米勒的签名都认不出来吧！'

"他当然是不认得那个签名的；但是不管怎么样，他处在那样窘的境地，居然让我这么轻轻放过，他是感激不尽的。他说：

"'怎么会认不出来！嗨，的确是米勒的嘛，一点儿也不错！我刚才也不知想什么来着。现在我当然认出来了。'

"随后他就要买这张画；可是我说我虽然不怎么有钱，可也并没有穷到那个地步。不过后来我还是让他拿八百法郎买去了。"

"八百法郎！"

"是呀。米勒本来是情愿拿它换一块猪排的。不错，我用那张小东西就换来了八百法郎。现在假如能花八万法郎把它买回来，我那真是求之不得。可是这个时期早已过去了。我给那位先生的房子画了一张很漂亮的画，本想作价十法郎卖给他，可是因为我是那么一位大画家的学生，这么贱卖又不大像话，所以我就把这张画卖了一百法郎。我马上从那个城里把八百法郎汇给米勒，第二天又往别处出发。

"可是我不用再走路了——不用。我骑马。从此以后，我一直都是骑马的。我每天只卖一张画，决不打算卖两张。我老是对买主说：

"'我把米勒的画卖掉，根本就是个大傻瓜，因为这位画家恐怕不能再活上三个月了，他死了之后，那就随你出天大的价钱也别想买到他的画了。'

"我想方设法把这个消息尽量传播出去，预先做好准备工作，好叫大家重视后来那场大事。

"我们卖画的计划是应该归功于我的——那是我出的主意。我们那天晚上商量我们的宣传运动的时候，我就提出了这个办法，三个人都同意先好好地试一试，决不轻易放弃这个主意，另试其他办法。结果我们三个人都干得很成功。我只走了两天路，克劳德也走了两天——我们俩都不愿意叫米勒在离家太近的地方出名，怕露马脚——可是卡尔只走了半天，这个精灵鬼，没良心的坏蛋！从那以后，他到各处旅行的派头简直就像个公爵一样。

"我们随时和各地的地方报纸记者搭上关系，在报纸上发表消息；但是我们所发表的新闻并不是宣布发现了一位新画家，而是故意装成人人都知道法朗斯瓦·米勒的口气。我们根本不提称赞他的话，光是简单报道一点儿关于这位'名家'的近况的消息——有时候说他病况好转，有时又说没有希望，不过老是含着凶多吉少的意味。我们每次都把这类消息圈出来，寄给那些买过画的人。

"卡尔不久就到了巴黎，他干脆就派头十足地干起来了。他结交了各报通讯记者，把米勒的情况报道到英国和整个欧洲去，连美国和世界各地都在报道米勒了。

"六个星期之后，我们三个在巴黎会了面，决定停止宣传，也不再写信叫米勒寄画来了。这时候他已经轰动一时，一切都成熟了，所以我们觉得应该趁这时候马上下手，以免错过机会。于是我们就写信给米勒，叫他到床上躺下，赶快饿瘦一点儿，因为我们希望他在十天之内'死去'，如果来得及的话。

"我们计算了一下。成绩很不错，三个人一共卖了八十五张画和习作，得了六万九千法郎。最后一张画是卡尔卖出去的，价钱卖得最大。《晚祷》他卖了两千两百法郎。我们把他夸奖得好凶呀——可没想到后来会有一天，整个法国都抢着要把这张画据为己有，居然会有一位无名人士花了五十五万法郎的现款把它抢购去了。

"那天晚上我们预备了香槟酒，举行了庆祝胜利结束的晚餐。第二天克劳德和我就收拾行李，回去招呼米勒度过他临终的几天，一面谢绝那些探听消息的闲人，同时每天发出病况报告，寄到巴黎给卡尔拿去在几大洲的报上发表，把消息报道给全世界关怀他的人。最后终于宣布了噩耗，卡尔也及时赶回来帮忙料理最后的葬礼。

"你想必还记得吧，那次的出殡真是盛况空前，轰动全球，新旧世界的上流人物都来参加了，大家都表示哀悼。我们四个——还是那么难分难舍的——抬着棺材，不让别人帮忙。我们这么做是很对的，因为棺材里根本就只装着一个蜡做的假人。如果让别人去抬，重量就成问题，难免要露马脚。是的，我们当初曾经相亲相爱地在一起共过患难的四个老朋友抬着棺……"

"哪四个人？"

"我们四个嘛——米勒也帮忙抬着他自己的棺材哩。不用说，是化装的。化装成一位亲戚——一位远房的亲戚。"

"妙不可言！"

"我可是说的真话，那还不是一样嘛。啊，你还记得他的画卖价怎么往上涨吧。钱吗？我们简直不知如何处置才好，现在巴黎还有一个人收藏着七十张米勒的画。他给了我们二百万法郎买去的。至于我们当初在路上那六个星期里米勒赶出来的许许多多的写生和习作呢，哈，你听听我们现在卖的价钱简直会大吃一惊——并且那还得我们愿意卖的时候才行！"

"这真是个稀奇的故事，简直稀奇透了！"

"是呀——可以那么说。"

"米勒后来究竟怎么样了呢？"

"你能保守秘密吗？"

"可以。"

"你记得今天在餐厅里我叫你注意看的那个人吗？那就是法朗斯瓦·米勒。"

"我的天哪，原来——"

"如此！是呀，总算这一次他们没有把一个天才饿死，然后把他应得的报酬装到别人的荷包里去。这一只能唱的鸟儿可没有白唱一阵，没有人听，只落得死了之后的一场无谓的盛大葬礼。我们原来是等着遭这种命运的哩。"

张友松　译

在加兹比旅店住宿的人

1867 年冬天——当时我与那位古怪的朋友赖利是华盛顿的报社记者———一天晚上近半夜时我们正走在宾夕法尼亚大道上，那会儿下着猛烈的暴风雪。突然，一盏闪烁的街灯照在一个男人身上，他正急不可耐地沿着相反的方向冲过来，然后立即停下，大声叫道：

"太有运气了！你就是赖利先生，对吧？"

在这个合众国里，再没有人比赖利更沉着冷静、庄重审慎的了。他停下来，从头至脚打量着眼前这个人，最后才说道：

"我是赖利先生。你碰巧在找我吗？"

　　"正是如此，"那人兴高采烈地说，"我终于找到了你，世界上再没有这么幸运的事了。我叫莱金斯，是旧金山一所中学的教师。我一听说旧金山邮政局局长的位置还空着，就决定要去得到它——因此我就到了这儿。"

　　"不错。"赖利慢慢地说，"正是你说的那样……莱金斯先生……你到了这儿。你弄到那个位置了吗？"

　　"唔，确切说来还没有，不过已经快了。我带来了一份请愿书，公共教育厅厅长、所有教师以及另外两百多人都在上面签了名。现在我希望你——如果你很乐意的话——顺便与我一起去拜访那个太平洋代表团，因为我希望尽快把这事办完后返回。"

　　"假如事情如此紧迫，咱们宁可今晚上就去拜访代表团。"赖利说，即便在一个不习惯的人听来，那声音也绝无嘲笑的意味。

"哦，今晚，当然可以！我可没时间去四处游荡。睡觉以前我就想得到他们的许诺——我可不是那种只会说说的人，而是注重行动的人！"

"是呀……你算是走对了地方。你什么时候到的呢？"

"就在一小时前。"

"打算啥时离开？"

"明晚去纽约——后天上午去旧金山。"

"这样的话……那你明天干啥呢？"

"干啥！唉，我得带着这份请愿书和代表团去找总统，得到任命，不是吗？"

"是呀……相当正确……你那样做是对的。然后又做什么呢？"

"下午两点参加参议院的行政会议——让任命得到批准——我想你会同意这样做吧？"

"是呀……是呀，"赖利沉思地说，"你又做对了。然后你就晚上坐火车去纽约，次日早上乘轮船去旧金山？"

"对——我正是这样筹划的！"

赖利考虑了片刻，然后说：

"难道你不能多待……一天……唔，或者说两天吗？"

"哎呀，不行！那可不是我的作风。我不是个游手好闲的人——我是个注重实干的人，告诉你。"

风暴猛烈地刮着，漫天大雪在狂风中飞舞。有一两分钟时间赖利默默站在那儿，显然深深陷入了沉思，然后他抬起头来说：

"你听说过曾在加兹比旅店住宿的某个男人吗？……不过我看得出来你没听说过。"

他让莱金斯先生倒退靠在一个铁栅栏上，强行让其听自己说话，像个"老水手^①"一样紧紧盯住他，接着便开始讲述起来，显得平静安宁，好像现在是夏季，我们大家都舒舒服服躺在鲜花盛开的草地上一般，而并非被困扰在冬季午夜的暴风雪中。

"让我对你说说那个人的事吧。那是在杰克逊^②时代。加兹比旅店当时是一家主要的旅店。唔，这个人一天早晨大约九点钟时从田纳西州赶来了，他坐着一辆堂皇的四匹马拉的大车，车夫是个黑人。此外他还带了一条好看的狗，他显然很喜欢它，为它感到骄傲。他在加兹比旅店前停下来，店员、店主以及房内的每个人都冲出去接他，但他说'不要紧'，从车上跳下来，让车夫等着——说他根本没

---

① 原文为"Ancient Mariner"。英国著名诗人塞缪尔·泰勒·柯勒律治（1772—1834）写了一首《老水手之歌》，原文为"*The Rime of the Ancient Mariner*"。此处大概引自其中。——译者注

② 杰克逊（1767—1845）：美国第七任总统。——译者注

有时间吃东西，他只是要去向政府索取一点点赔款，所以得赶到那面的财政部去把钱取到，然后立即赶回田纳西州，因为时间非常紧迫。

"唔，那晚大约十一点钟他回来了，订了一个铺位，让他们把马安顿下来——说他第二天早上又要去取钱。你明白那是在 1 月份——1834 年——1 月 3 日——星期五。

"唔，2 月 5 日这天，他把那辆阔气的马车卖了，买了一辆廉价的二手货——说这同样可以把钱带回家去，他倒不在乎体面不体面。

"8 月 11 日他又卖掉了两匹好马——说在那崎岖不平的山路上行走，一个人驾驶时不得不小心谨慎，因此他常常想到，用两匹马拉比四匹马拉更好——他索赔的钱也不很多，用两匹马也就轻轻易易地把钱拉回家去了。

"11 月 13 日他又卖掉另一匹马——说没必要用

两匹马拉那辆又旧又轻的车——事实上，一匹马也就拉得够快了，绝对没有必要跑得再快一些，既然冬季的天气非常不错，路况也相当好。

"1835年2月17日，他卖掉那辆破旧的马车，买了一辆十分廉价的二手单座马车——说这样一辆马车正适合在早春融雪的泥泞路上行驶，不管怎样，他一直总想试一下在那些山路上驾驶一辆单座的小马车。

"8月1日他又卖掉那辆单座小马车，买了一辆残缺不全的单座旧马车——说他就是想驾着这样一辆马车快速行驶时，让那些幼稚的田纳西人看着，现出目瞪口呆的样子——相信他们有生以来还没听说过这样破旧的马车呢。

"唔，8月29日他卖掉了黑人车夫——说他不需要车夫驾一辆单座小马车——无论如何车上坐不下两个人——此外，上帝也不会每天给某人派个傻瓜来，此人竟愿意给那样一个三等黑人开九百美元工资——说他多年来一直想把那家伙打发了——只是不愿意抛弃他。

"十八个月以后——就是说1837年2月15日——他卖掉那辆单座小马车，并买了一副马鞍——说医生总是建议他骑马，说在那样的隆冬季节，他还要驾车在山路上行驶，冒着折断他的脖子的危险，那就太顽固不化了，如果他明智一点儿的话是不会那样做的。

"4月9日他卖掉了马鞍——说既然他能够不用马鞍也觉得安全可靠，就不想拿他的生命冒险，在4月湿漉漉的泥泞小道上蹬着腐朽的马鞍骑马——不管怎样，他一直是鄙视用马鞍骑马的。

"4月24日他卖掉了马——说'我今天刚五十七岁，身体这么强壮，又精神饱满——骑马真是不能好好享受这样的旅程，这样美好的天气，那对我来说就太糟糕了，因为对一个还算男子汉的人来说，世界上再没有比这更令人高兴的了：春天徒步穿过那些清新的树林，越过充满生机的大山——不管怎样，等收到赔款后，我可以把钱捆在一个小包里让狗带走。所以明天我起个大早，把原来那点点赔款收了，然后高高兴兴地告别加兹比旅店，用两腿步行赶到田纳西州去。'

"6 月 22 日他卖掉那只狗——说'该死的狗呀，你才开始穿过这些夏季的树林和小山，就贪图起享乐来了——如此讨厌透顶——你追逐那些松鼠，见到什么都汪汪直叫，还到浅滩上去跳个不停，把水弄得四处飞溅——你让人哪有机会去思考，去享受大自然呢——真该死，我什么风景也没享受到，倒自己携带起赔款来了，因为这才安全得多。狗在金钱方面是很靠不住的——我总是注意到这点——哦，再见了，伙计们——这是最后一次拜访——明天一大早，我就要迈着有力的腿，高高兴兴前往田纳西州了。'"

这时双方默不作声地停顿了片刻——只有暴风雪的声音。莱金斯先生不耐烦地说：

"怎么？"

赖利说：

"唔——那是三十年前的事了。"

"是呀，是呀——那又怎么样呢？"

"我和那位老人家现在成了很好的朋友。他每晚都来向我道别。一小时前我还看见他来着——他明天一大早要去田纳西——像往常一样，说他打算办完赔款的事，赶在像我这样的夜猫子起床前离开。他的眼里含着泪水，很高兴又要见到自己昔日的田纳西和老朋友了。"

又沉默了片刻。陌生人接着说：

"就这些吗？"

"就这些了。"

"唉，在这样的时刻，在这样的夜晚，我觉得这个故事好像太长了点儿。不过这一切有什么意义呢？"

"唔，没什么特别的意义。"

"哦，那它的要点何在呢？"

"唉，哪有什么特别的要点。不过，假如不是很急于要赶到旧金山去接任邮政局局长的话，莱金斯先生，我建议你在加兹比旅店住一段时间，不用着急。再见，上帝保佑你！"

说完后，赖利和蔼地急转过身离开了中学教师——教师非常吃惊地站在那儿，沉思着，一动不动像个雪人似的，在明亮的街灯照射下闪闪发光。

他根本没有当上那个邮政局局长。

刘荣跃　译

一个真实的故事

——照我所听到的逐字逐句叙述的

　　那是个夏天的黄昏时候。我们坐在小山顶上一个农家门口的走廊上，瑞奇尔大娘在我们那一排下面，很恭敬地坐在台阶上——因为她是我们的女仆，而且是黑人。她的身材高大而壮实；虽然是六十岁了，眼睛可并不模糊，气力也没有衰退。她是个欢欢喜喜、精神饱满的人，笑起来一点儿也不费劲儿，就和鸟儿叫那么自然。这时候又像平常天黑以后一样，她在"炮火"中了。这就是说，大家毫不留情地拿她开玩笑，她也就以此为乐。她动辄就发出一阵又一阵的爽朗的笑声，然后双手蒙住脸坐着，笑得不可开交，浑身抖动，简直喘不过气来，无法表达她的高兴。就在这种时候，我心里忽然起了一个念头，于是我说道：

"瑞奇尔大娘，你怎么活了六十年，从来没什么苦恼呢？"

她停止了抖动，歇了一会儿，没有作声。她回过头来望着我说："克先生，您当真这么说吗？"她的声音里连一点儿笑意都没有。

这使我大为吃惊，同时也使我的态度和谈话庄重了一些。我说：

"哎，我以为……我是说，我觉得……哎，你简直不可能有过什么苦恼呀。我从来没听见你叹过气，也从来没见过你眼睛里不带着笑。"

现在她差不多完全转过脸来了，显出十足的一本正经的神气。

"我是不是有过苦恼？克先生，我来跟您说，叫您自己去想吧。我是生在奴隶堆里的，当奴隶的滋味我全知道，因为我自己就当过奴隶。哎，先生，我的老汉——那就是我们当家的——他对我很恩爱，脾气也好，就跟您对您自己的太太那么好。后来我们俩生了孩子——七个孩子——我们俩很爱他们这些孩子，就跟您爱您的孩子一样。他们都是黑的，可是不管老天爷叫孩子们长得多么黑，他们的娘可照样爱他们，不肯把他们丢掉，不，随你拿全世界什么东西跟她换，她也不干。

"唉，先生，我生长在弗吉尼亚那个老地方，可是我妈是在马里兰长大的；哎呀，谁要是惹了她，她可真厉害！好家伙！她就大吵大闹一场！她发起脾气来，就老是爱说一句话。她把身子站得挺直，两手攥着拳头插在腰上，说：'我要叫你们知道，老娘不是生在平常人家，不能让你们这些杂种开玩笑！我是老蓝母鸡的小鸡，不含糊！'您知道吗，那就是马里兰生的人给他们自己的称呼，他们对这个很得意哩。哈，她就是那么说的。我一辈子也忘不了，因为她常说这句话，有一天我的小亨利把手腕子摔坏了，头也碰破了，刚刚碰着脑门子顶上，当时黑鬼们没有马上就跑过来招呼他，她又骂开了。他们一回嘴，她马上就站起来说：'喂！'她说：'我要叫你们这些黑鬼知道，老娘不是生在平常人家，不能让你们这些杂种开玩笑！我是老蓝母鸡的小鸡，不含糊！'她就把厨房收拾完了，自己给这孩子包扎上伤口。所以我让人家惹火了的时候，也说这句话。

　　"唉，后来我的老东家说她破产了，她只好把庄上的黑奴通通卖掉。我一听说他们要把我们通通送到里奇蒙去拍卖，啊，老天爷！我就知道那是怎么回事！"

瑞奇尔大娘说得很起劲儿了，她就渐渐站起来，现在她高高地耸立在我们面前，星光衬托出她的黑影。

"他们给我们套上链子，把我们放在一个看台上，就像这个台阶这么高——二十英尺左右——大伙儿就围着台子在下面站着，一堆一堆的人。他们就上来，把我们浑身打量，拧我们的胳膊，叫我们站起来走动，完了他们就说，'这个太老'或是'这个瘸了腿'，再不就是'这个没多大用处'。后来他们就卖了我的老汉，把他带走了，他们又来卖我的孩子们，把他们也带走，我就哭起来；那个人就说'不许你哇啦哇啦地哭'，伸手就在我嘴上打了一巴掌。后来都卖完了，只剩下我的小亨利，我就拼命把他抱在怀里，抱得紧紧的，我就站起来说：'你们要把他带走可不行！'我说：'谁动一动他，我就要谁的命！'可是我的小亨利悄悄地说：'我会逃跑，跑掉了我就去做工，给您赎身。'啊，老天爷保佑这孩子，他老是这么孝顺！可是他们拉着他——他们拉着他，就是那些人干的；可是我揪住他们的衣服，撕破了好些地方，还拿我的链子打他们的脑袋，他们也揍了我一顿，可是我不在乎。

"唉，我老汉就那么走了，还有我所有的孩子，七个孩子都走了——有六个我一直到今天都没再看到一眼，算到上个复活节，已经是二十二年以前的事了。把我买到手的那个人是新百伦的，他就把我带到那儿去。唉，就这么一年又一年过去，后来打起仗来了。我的东家他是个南方军队里的上校，我是给他家烧饭的。所以北方的队伍把那个镇打下来之后，他们通通跑掉了，把我丢在那儿，和别的那些黑人都在那幢大得要命的房子里。所以那些北方队伍的大军官就搬进来住，他们问我愿不愿意给他

们烧饭。'天哪，那还有什么说的，'我说，'我是
干这行的呀。'

"他们可不是那些芝麻大的小官儿，您知道，
那都是些挺大挺大的军官；他们高兴叫那些小兵
怎样就得怎样，真神气！那个将军他叫我当厨房
的头儿。'谁要是来给你捣乱，你就干脆叫他滚
蛋；你可别害怕。'他说，'现在你是跟朋友们在
一起了。'

"那么，我心里想，要是我的小亨利找到机会
开了小差，那他一定就会上北方去。所以有一天我
就跑到那些大官们待着的地方，大客厅里，我就给
他们请个安，就像这样我就跑过去给他们谈到我的
亨利，他们好好地听着我谈这些心事，就好像我也
是白人一样。我又说：'我来问问，是因为他要是
跑掉了，到了北方，到了你们各位长官的地方，你
们也许看见过他，那你们就可以告诉我，好让我把

他找回来；他很小，左手腕子上和脑门子顶上都有
个疤。'这下子他们就显得很难过。将军说：'他们
给他弄走有多久了？'我说：'十三年了。'这下将
军就说：'他现在可不会再像那么小——他已经是
个大人了！'

"我从前简直没想到过这个！我心里老想着他
还是那么个小不点儿。从来没想到过他会长大，长
成个大人。可是现在我明白了。那些长官谁也没碰
见过他，所以他们也没法帮我的忙。可是那些年
里，虽然我不知道，我的亨利却真是跑到北方去
了，去了好些年好些年，还成了剃头匠，自己干
活。后来打起仗来了，他马上就说：'我剃头剃够
了。'他说：'我要去找妈妈，除非她死了。'所以
他就卖掉他的行头，跑到招兵的地方去，给一个上
校当听差的；这下子他就跟着部队到处打仗，好打
听他的老妈妈；是呀，真的，他就一会儿伺候这个

军官，一会儿伺候那个军官，一直把整个南方各地
都找遍了；可是你看，我一点儿也不知道这些。我
怎么会知道呢？

"哎，有一天晚上，我们开了个士兵跳舞会，
新百伦那儿当兵的常常开跳舞会，寻开心。他们就
在我那厨房里开，不知开过多少次，因为那屋子很
大。您听着，他们这么干，我可就不高兴；因为我
那地方是伺候军官的，一有那些普通的丘八爷在我
那厨房里乱蹦乱跳，就叫我着急。可是我老是不管
他们，完了就收拾收拾，我就那么着；有时候他们
惹得我生了气，我就叫他们给我打扫厨房，我跟您
说吧，真不含糊！

"哎，有一天晚上——那是星期五晚上——一
下子来了一整排人，是从守卫这所房子的黑人卫队
里调来的——这所房子是司令部，您知道——这下
子我可劲头来了！高兴疯了吗？我简直是痛快极

了！我兴头很大地转到这儿，转到那儿；我简直觉得浑身发痒，只想叫他们带着我跳起来。他们都在转来转去地跳舞！哎呀，他们玩得可真痛快！我也看着越来越高兴，越来越高兴！后来过了不大一会儿，有那么一个穿得很时髦的黑小伙子在屋子那边跳着跳着过来了，他搂着一个黄皮丫头跳；他们俩跳得直是转、直是转，真叫人看了像喝醉了酒那股劲儿；他们转到我身边的时候，他们就一会儿跷起这条腿跳，一会儿又跷起那条腿跳，还望着我那大红头巾直笑，跟我打趣，我就火冒三丈地说：'滚蛋吧！——杂种！'那年轻人的脸色猛一下子有些变了，可是只过了一会儿，后来他又笑起来，跟原先一样。哎，就在这时候，来了几个奏乐的黑人，那是乐队里的，他们这些人老是非摆架子不可似的。那天晚上他们刚起头摆一下架子，我就跟他们捣蛋！他们笑了，这叫我更加冒火。别的黑人也大笑起来，这下子我心里实在忍不住，我可真生气了！我眼睛里简直冒出火来了！我就站得挺直，就像这样——跟我现在这样，差点儿碰着天花板——我攥着拳头插在腰上，我说：'喂！'我说：'我要叫你们这些黑鬼知道，老娘不是生在平常人家，不能让你们这些杂种开玩笑！我是老蓝母鸡的小鸡，不含糊！'这时候我就看见那个年轻人站住了，他瞪着眼睛，动也不动，好像是望着天花板，有什么事忘掉了，想不起来的样子。哎，我就往他们黑鬼那边冲过去——就这样，像一个将军的神气——他们就在我前面逃跑，滚到门外去了。这个年轻人出去的时候，我听见他跟另外一个黑人说：'吉姆。'他说：'你先走，请你告诉上尉，我大概要到早上 8 点钟才能回来，我心里有点儿事情。'他说：'今晚上再也睡不着了。你先走。'他说：'别管我吧。'

"这时候大概是夜里一点钟。差不多七点的时候，我就起来给军官们做早饭。我在火炉前面弯下腰——就像这样，把您的脚就当是火炉吧——我拿右手把火炉的门打开了——就是这样，把它这么关上，就像我推您的脚一样——我刚刚在手里端着一盘热面包，正要抬起头来，我就看见一个黑脸蛋伸到我的脸下面来了，一双眼睛往上盯住我的眼睛，就像我现在这样从底下望着您的脸一样；我就在那儿站着，一点儿也没动弹！一个劲儿仔细看了又看，我手里的盘子直发抖，猛一下子我就明白了！盘子掉在地下，我就抓住他的左手，把他的袖子往上推——就是这么的，就像我推您的袖子一样——我马上又抬头望着他的脑门子，把他的头发往上推，就像这样，哈，我说：'孩子！你要不是我的亨利，手腕子上哪来的这条痕，脑门子上哪来那个疤呀？谢天谢地，我又见到我的亲人了！'

"啊，没什么，克先生——我真是从来没什么苦恼。可也没什么欢喜事儿！"

张友松　译

上天堂还是下地狱

一

"你撒谎了？"

"你承认了——你真的承认了——你撒了一个谎！"

二

这个家里有四个人：玛格丽特·莱斯特，寡妇，三十六岁；海伦·莱斯特，她女儿，十六岁；莱斯特夫人的两个未婚姑妈，汉娜和赫斯特·格雷，双胞胎，六十七岁。三个妇女无论白天还是夜晚，无论醒着还是梦中，都对这个女孩表示出极大的喜爱，从她明镜般的脸上观察其美好的内心活动，为她清新优美的容貌而感到爽快；她们倾听着她音乐般的声音，满怀感激地意识到世界因为她的存在而显得多么可贵、美丽；想到世上失去了这光辉将多么凄凉，她们就不寒而栗。

　　就本性和内心而言，这两个年老的姑妈非常亲切、可爱和善良，但在道德行为上她们受的教育相当严格，毫不妥协，这使她们表面看来十分严肃，虽然不能说严厉。她们的影响在这个家里很起作用，使母女俩高兴满足、深信不疑地遵守着道德和宗教要求。这成了母女的第二天性。因此，在这个和平的天堂里绝无冲突、恼怒、挑剔和妒忌。

　　在这个家里谎言毫无立身之地，不可想象。在这个家里说话必须绝对真实，千真万确，真实得不可更改，不可妥协，无论结果会如何。但终于有一天，由于环境所迫这个家的宠儿撒了一个谎，玷污了她的嘴唇——她承认了，并含泪自责。两个姑妈顿时惊恐得无法形容。好像顿时轰的一声天崩地裂，毁于一旦。她们并排坐着，板起一副发白的面孔，无言地瞪着跪在面前的罪人——她先把脸埋在一只膝上，然后又埋在另一只膝上，呻吟啜泣，恳求怜悯和饶恕，却无人理会——她自卑地去吻一个姑妈的手，再吻另一个姑妈的手，只是看见她们的手抽了回去，怕被肮脏的嘴唇玷污。

赫斯特姑妈呆板吃惊地问了一次，过一会儿又问了一次：

"你撒谎了？"

汉娜姑妈也吃惊地突然咕哝了两次，中间隔了一会儿：

"你承认了——你真的承认了——你撒了一个谎！"

她们只能说这些。这种情况还是头一次，以前从没听说过，令人难以置信。她们无法理解，不知如何是好，几乎哑口无言。

最后，她们决定必须把这罪过的孩子带到她生病的母亲那里，她母亲应该知道发生的事。海伦乞求着、恳求着、哀求着宽恕，不要再让自己蒙受耻辱，不要让她母亲为此感到悲伤和痛苦了。可这是不行的：责任需要她做牺牲，责任胜过一切，任何事都不能免除一个人的责任，有了责任一切妥协都不可能。

海伦还在乞求着，说这罪过是她犯下的，与母亲毫无关系——为什么一定要让母亲为此难过呢？

但两个姑妈坚持公平正义，毫不让步，说父母的罪过要影响到孩子身上，这个规律完全有权利和理由颠倒过来。因此，一个有罪过的孩子的无辜母亲要承担应有的悲伤、痛苦和耻辱，这是罪过给他们应得的报应——只有这样才是正当的。

于是三个人向那间病房走去。

此时医生也正向这个家走来，不过还有相当一段距离。他是一个好医生，一个好人，有一颗善良的心，但你得认识他一年之后才不会讨厌他，两年之后才学会容忍他，三年之后才学会喜欢他，四五年之后才学会喜爱他。这虽然是一个缓慢而费力的培养过程，但却是有回报的。

他身材高大，生着狮子般的头和脸，声音粗糙刺耳，眼神时而像海盗的时而又像女人的，依情绪变化而定。他对于规矩礼节一无所知，满不在乎，在言谈、举止、仪态、行为上他都与传统背道而驰。他极其坦然，对任何问题都有自己的看法，并

随时可以拿来谈论一番，一点儿不在乎别人是否喜
欢听。他喜欢谁就喜欢谁，并公之于众。他不喜欢
谁就讨厌谁，也公开表明。他年轻时当过水手，现
在身上还散发出大海的咸味。

　　他是一个坚定、忠诚的基督教徒，自认为是这
个国家最优秀的，只有他身上基督徒的品性才最坚
固健康，他颇有常识，其中毫无腐败之处。凡是
想图谋私利的人，或者为了某种原因想与他亲近的
人，都称他为"基督徒"——这称呼包含着微妙的
恭维，他听来很悦耳，觉得第一个"基"字非常
迷人生动，即便黑夜里别人说出这个字来他都能
看见。

　　不少喜欢他的人完全凭着良心，无所顾忌、习
以为常地说出他那重要的称号，因为凡是让他高兴
的事他们都乐于去做。而他那些为数众多、教养
有素的敌人，则热切地满怀由衷的恶意，对他的称

号又加以粉饰和美化，进一步扩展成"唯一的基督徒"。两个称号，后者更广为流传，这是因为致力于那个称号的敌人远比朋友多。

医生无论相信什么，都全心全意去相信，随时有机会都会为之抗争。如果这些机会间隔的时间长得让人心烦了，他就亲自想方设法缩短它们。他这人处事非常诚心认真，颇有主见，凡认为是职责的事都要履行，无论那些道德家的观点是否与他的一致。

年轻时当水手他曾随随便便说些亵渎的语言，可一旦皈依宗教他便定了一条准则，从此严格遵守——决不再说亵渎的话，除非在最罕有的场合，并且也只能在职责要求这样做时。他当水手时经常酗酒，但他皈依之后直言不讳成了一个坚定的禁酒者，以便给青年人树立榜样，从此他很少喝酒。事实上，除了在他看来是为了义务以外，他根本不喝酒了——因为义务喝酒的事一年也只几次，但从没达到过五次。

　　像这样一个人必然是敏感冲动、感情丰富的。医生即如此，丝毫不善于隐瞒自己的感情，即便善于也根本不屑去做。他心里有着什么主导的气象都会流露于表，他走进屋子时，根据其迹象便可撑开阳伞或雨伞——这是比喻的说法。他眼神温和时便意味着赞同，表示祝福；他皱着眉头走来时温度便降低了十度。在朋友的家里他深受喜爱，但有时也令人可怕。

　　他对莱斯特一家感情深厚，而家中有几人也报之以热情。她们为他的那种基督品性感到悲哀，而他也坦然地对她们的那种基督品性加以嘲笑。但双方仍然彼此喜爱。

　　此时他正从远处向这个家走来。两个姑妈和罪人也正朝病房移去。

三

最后说到的这三个人站在病床旁，两个姑妈板着一副面孔，小罪人在低声啜泣。母亲躺在床上转过头来，她那疲乏的眼睛一看见孩子立即有了光彩，带着同情和强烈的母爱。她伸开双手——那里是孩子避难藏身的地方。

"等等！"姑妈汉娜说，用手挡住姑娘不让她扑过去。

"海伦，"另一个姑妈威严地说，"把一切都告诉母亲，洗净你的灵魂，坦白一切吧。"

小姑娘惊恐、凄凉地站在法官们面前，把她那悲哀的故事忧伤地原原本本述说了一遍，然后激动地哭着恳求道：

"啊，妈妈，你不能原谅我吗？你不会原谅我吗？——我多孤独凄凉呀！"

"原谅你，乖乖！哦，快让我抱抱！——好啦，把头靠在我胸前吧，安静下来，即使你撒了一千个谎——"

这时传来一个声音——一个警告——是清嗓子的声音。两个姑妈抬头一望，顿时像枯萎了似的——医生站在那儿，脸色如布满雷暴云一般。母女俩一点儿不知道他的到来，她们紧紧拥抱在一起，心对着心，沉浸在无限的满足之中，对周围一切全然不顾。医生颇站了一会儿，睁大眼睛忧郁地盯着眼前的情景，细细观察着，分析着，寻找其根源。然后他抬起手招呼两个姑妈过去。她们哆嗦着走近他，谦卑地站在他面前，等着。他俯身低声说道：

"我不是告诉过你们千万别让病人激动吗？你们到底在做什么？快出去！"

她们出去了。半小时后他来到客厅里，平静快

乐，像沐浴在阳光里似的，用胳膊扶着海伦的腰
部，把她带出来，一边爱抚着她，一边对她说些温
柔、有趣的事，使她又欢快活泼起来。

"好啦，"他说，"再见，好孩子。回你房间去
吧，别到你母亲那里去，要规矩些。不过等等，把
你的舌头伸出来。唔，好啦——你像坚果一样结
实！"他拍拍她的脸颊又说："现在快去吧，我要
和你两个姑妈谈谈。"

小姑娘离开了。他脸色立即又阴沉下来，坐
下说：

"你们俩把事情弄得很糟——或许有点儿好处。
是的，有点儿好处——也不过如此。那个女人患的
伤寒病！我想你们做些傻头傻脑的事，让她的病发
作出来，这对她也是一种帮助——不过如此。我先
前还无法确定是怎么回事呢。"

两个老太太冲动地一下跳起来，惊恐得发抖。

"坐下！你们要干什么？"

"干什么？我们得赶紧到她身边去。我们——"

"决不可以那样。你们这一天造成的伤害已够
多的了，难道想把一切罪恶和蠢行的资本一次交易
就花费掉吗？① 你坐下。我已让她睡了，她需要睡
眠。假如没我的吩咐就去打扰她，我会把你们的脑
袋打碎的——如果你们的脑袋经得起打的话。"

于是她们坐下来，苦恼而气愤，但被迫服从。
他继续说道：

"现在，我要求把这事解释一下。她们本来想
向我解释——好像还不够激动兴奋似的。你们知道
我的吩咐，怎么还敢到那病房里胡闹一通？"

赫斯特恳求地看着汉娜，汉娜也同样对赫斯特
回以恳求的眼光——谁也不想去和着这个冷漠无情

---

① 此处是比喻的说法。——译者注

的管弦乐队跳舞。医生替她们解了围，说：

"赫斯特，你先说吧。"

赫斯特拨弄着她围巾的边，垂下眼睛，不好意思地说：

"如果是任何一般的原因，我们也不会不听你的吩咐，可这太重要了。这是一个责任。责任在身你别无选择，必须去履行它，把所有次要的考虑搁在一边。我们不得不当着她母亲的面指责她。她撒了一个谎。"

医生怒视这女人片刻，似乎心里在极力弄明白一个完全无法理解的言论，然后猛然说道：

"她撒了一个谎！是吗？天啦，我每天都要撒无数的谎呢！每个医生都是如此。就此而言，人人都如此——包括你们在内。这就是使你们敢不听我吩咐、去危害那女人生命的重要原因嘛！瞧，赫斯特·格雷，这纯粹是疯狂愚蠢的行为。那女孩不可能去撒谎伤害一个人。这是不可能的事——绝对不可能。你们两个自己明白，非常非常明白。"

汉娜替姐姐解围：

"赫斯特并不是说撒的那种谎，事实也不是。但总是一个谎言呀。"

"哎呀，我确实还从没听到过这样的胡说！难道你们连区别各种谎言都不会吗？难道你们不知道有益的谎言和有害的谎言的区别吗？"

"所有谎言都是有罪的。"汉娜说，嘴唇闭得像虎钳一样紧，"所有谎言都不允许。"

"唯一的基督徒"在椅子里坐卧不安。他想反驳这种言论，但又不太知道怎样或从何说起，最后冒险说道：

"赫斯特，难道你不会撒谎，让一个人免受不应有的伤害或耻辱吗？"

"不会。"

"甚至为了朋友也不会？"

"不会。"

"为了你最好的朋友也不会？"

"不，我不会。"

医生默默地努力对付了这种局面一阵子，然后问：

"连使他免受极大痛苦、忧伤和悲哀也不会？"

"不会。甚至连救他的命也不会。"

医生又沉默片刻，然后问：

"也不会救他的灵魂？"

"也不会救他的灵魂。"

三个人又沉默了一会儿，之后医生说：

"你也一样认为吗，汉娜？"

"是的。"她回答。

"我问你们两个——为什么？"

"因为撒这样的谎，或任何谎，都是犯罪，会让我们丧失自己的灵魂——假如来不及忏悔就死去，的确会如此。"

"怪了……怪了……让人不可思议。"然后他粗声粗气地问，"像那样一个灵魂值得拯救吗？"

他叽里咕噜地站起身，笨重地朝门口走去。走到门槛他又转过身发出刺耳的声音，劝告说：

"改过自新吧！别那么卑鄙、恶劣、自私，一心为了拯救你们卑微渺小的灵魂。去找点儿什么高雅体面的事做吧！拿你们的灵魂去冒险，做些好事，那么即使因此丧失了灵魂，又在乎什么呢？改过自新吧！"

两个老淑女顿时浑身瘫软坐在那里，精神彻底垮了，感到愤怒受辱，痛苦而气愤地沉思着那些亵渎神明的言辞。可怜的两个老太太内心受了伤害，说决不能就此原谅。

"改过自新！"

她们不断愤恨地重复这句话。

"改过自新——去学着撒谎!"

随着时间流逝,到一定时候她们的精神起了变化。她们已尽到了人首要的责任——替医生本人着想,让他把这个话题说尽,这时他才会去关注那些不太重要的事情,而会把心思放到其他人身上。这使他的精神面貌也起了变化——总体而言充满生气。两个老太太也把心思转到她们喜爱的侄女身上,以及她所患上的可怕疾病,很快忘了她们的自爱之心所受到的伤害。她们的心中油然生起一股激情,渴望着去帮助那个受苦的人,用她们的爱去安慰她,用她们微弱的双手去照顾她,尽自己所能使她得到最好的护理。为了给她可贵的帮助,她们乐意怀着深情厚爱耗尽自己老朽的身躯——只要她们享有特权。

"我们会有这个权利的!"赫斯特说,流下眼泪，"没有一个护士可以与我们相比，因为谁也不会守候在病床边，直到自己倒下、死去，而上帝知道我们会这样的。"

"阿门。"汉娜说，透过使眼镜模糊的泪水微笑着，表示赞同许可。

"医生知道我们，知道我们再也不会违背他的话了。他不会去叫别人来的。他不敢！"

"敢！"赫斯特发脾气说，抹去泪水，"他什么事情都敢——那个基督魔鬼！可这次他要试试会对他没一点儿好处——但是，啊呀！汉娜！尽管说了、做了这一切，他这人能干、聪明和善良，不会想出这样一种事来……现在我们其中一个人真该去那个房间了。什么事把他留住了？为什么他不来让我们一个人进去？"

她们听见他走近的脚步声。他进去坐下，开始谈起来。

"玛格丽特是个病人。"他说,"她还在睡,但很快会醒来,然后你们其中一个人得到她身边去。她的病情还会加重,之后才会好转。不久得安排日夜守护,这工作你们两个可以承担多少?"

"全部!"两个妇人脱口而出。

医生眼睛一亮,精神饱满地说:

"你们的话听来的确是真的,两个勇敢的老人!你们愿意尽力担负起护理的工作,因为在那份神圣的责任上,这个城里没人可与你们相比。但你们不能全部承担,允许你们那样做便是罪过。"

这是一个了不起的赞赏,可贵的赞赏,两个年老的孪生姐妹心中的怨恨几乎顿时化为乌有。

"你们的蒂莉和我那位南希可以承担一些——她们都是护理的好手,黑色的皮肤,洁白的心灵,谨慎,仁慈,温柔——总之是护理的好手!——从小就很会撒谎……注意!留心点儿海伦，她生病了，而且病情还会加重。"

两个老妇显得有些吃惊，不相信的样子。赫斯特说：

"怎么回事？一小时前你不是说她像坚果一样结实吗？"

医生平静地回答道：

"那是撒谎。"

两个妇人气愤地面对着他，汉娜说：

"你怎么能用满不在乎的口气说出那种恶劣的话来——你知道我们对于任何形式的——"

"嘘！你们两个真是非常无知，不知道自己在说什么。你们像其余所有'讲道德的老鼠①'，从早到晚撒谎。但因为你们不是用嘴撒谎，只是用撒谎的眼睛，撒谎的音调，欺骗、误人的强调语

_____

① 对人类蔑视的称呼。——译者注

气，使人误解的姿势，翘起自满的鼻子，像神圣无瑕从不撒谎的圣人一样，高视阔步于上帝和世人面前——在那些圣人冷藏库般的灵魂里，谎言一去便会冻死！为什么你们要欺骗自己，愚蠢地认为只有说出来的才是谎言呢？用眼睛撒谎和用嘴撒谎有什么区别？一点区别没有，如果你们想一下就会明白是这样。没有一个人生活中每天不撒很多的谎，而你们——唉，咱们私下说说吧——你们要撒许许多多的谎。可我出于仁慈对那个孩子撒了一个无辜的谎，免得她去想入非非——假如我不忠于医务职责让她这样，她便会如此，并在一小时后发起烧来——你们却突然发怒了，脸色苍白，虚伪得可怕。如果，我对采取如此可耻手段来拯救自己的灵魂感兴趣，我大概是会那样做的。

"好啦，让咱们一起想想吧，看看一些具体情况。你们在病房里胡闹时，如果知道我要来会怎么样？"

"唔，会怎么样？"

"你们会带着海伦溜进屋去——对吧？"

两个老妇默不作声。

"你们会打算做什么呢？"

"唔，做什么？"

"不让我发现你们的罪过，让我受骗，误认为玛格丽特之所以激动不安，是由于某种你们也不知道的原因。一句话，对我撒谎——一个无声的谎言，甚至还可能是个有害的谎言。"

两个孪生姐妹脸红了，但一言不发。

"你们不仅要撒成千上万个无声的谎，而且还用嘴撒谎——你们两个都是如此。"

"没那么回事！"

"真的。只不过是无害的谎罢了。人们从没梦想过撒有害的谎。你们知道那是一个承认——一个坦白吗？”

　　“你是什么意思？”

　　“是无意中承认无害的撒谎不是罪过，是坦白你们经常做出那种区分。比如，上周你们拒绝了福斯特老太太晚餐时去见可憎的希格比一家人的邀请——语气礼貌，表现了你们的遗憾之意，并表示你们很抱歉去不了。那是在撒谎。这谎言和口头说出来的一样实在。否认吧，赫斯特——这又会撒谎。”

　　赫斯特把头轻蔑地一仰作为回答。

　　“那不行。回答我，那是不是在撒谎？”

　　两个女人的面颊悄然红了，她们心里斗争着，好不容易才承认：

　　“是在撒谎。”

　　“很好——开始改过自新了，你们还有希望。你们不愿用撒谎去拯救最好的朋友的灵魂，可是却

愿意毫无顾忌地撒一个谎，以免自己讲出让人不快
的真话觉得不安。"

他站起身。赫斯特替两个女人冷淡地说：

"我们是撒了谎，现在发觉了。今后这事也不
会再发生。撒谎是犯罪。无论什么样的谎我们都决
不会撒了——即便为了免除上帝给予任何人的痛苦
或悲哀，出于礼貌或仁慈而撒的谎。"

"啊，要不了多久你们就会食言的！事实上你
们已经食言了，因为你们刚才说的话就是在撒谎。
再见了。改过自新吧！现在你们由一个人到病房里
去好啦。"

四

十二天以后。

母女俩被可怕的疾病紧紧困扰着，几乎没什么

希望了。两个年老的姐妹面容苍白憔悴，但仍然忠于职守。她们沮丧不堪，可怜的老人，却仍然坚忍不拔，坚不可摧。整个十二天来母亲时刻渴望见到孩子，孩子也渴望见到母亲，但都明白这种渴望见面的请求绝不会得到允许。第一天母亲得知患了伤寒病时，被吓呆了，问是否海伦也有危险，头天染上了这种病，因为那天女儿曾到病房去忏悔。赫斯特告诉她，医生对这种想法不屑一顾。她这样说时感到不安，虽然是事实，但是她不相信医生的话。但看见母亲听到这消息喜形于色时，她良心上的痛苦减少了——其结果是，她为自己犯下的"推定欺诈①"行为感到害臊，虽然，害臊的程度不足以使她明白确切地希望自己未曾那样做。从那时起，这个生病的女人便明白女儿不能和她在一起，并说对这

---

① 指以骗人言行使受害者引出错误结论的欺诈行为。——译者注

种分离她会尽量适应的，她宁愿自己死也不愿让孩子的健康受到危害。那天下午海伦也病得卧床不起了，夜间病情加重。次日早晨母亲询问女儿的情况：

"她好吗？"

赫斯特浑身发凉，她张开嘴唇，但说不出话来。做母亲的没精打采地躺在床上，看着，想着，等着，突然脸色发白，气喘吁吁地说：

"啊，天啦！怎么了？她生病了吗？"

此时这位可怜的姑妈苦恼的心开始反抗了，说道：

"没有——放心吧，她好好的。"

病中的女人顿时高兴万分，感激地说：

"感谢上帝，你告诉我这些可贵的话！吻我吧。听你说出它们叫我多么敬重你！"

赫斯特把此事告诉了汉娜，汉娜责怪地瞪了她一眼，冷冷地说道：

"姐姐，那是在撒谎。"

赫斯特的嘴唇可怜地哆嗦着，她克制自己没有哭泣，说：

"哦，汉娜，那是罪过，可我控制不住要那样，无法忍受她惊恐和痛苦的表情。"

"不管怎样，那是在撒谎。上帝会让你说明白的。"

"哦，我知道，我知道。"赫斯特叫道，苦恼地绞着两手，"不过即便是现在，我也控制不住要撒谎。我知道自己还会那样做的。"

"那么明天早上我们交换一下，你去照看海伦吧。我会亲自向她母亲报告。"

赫斯特紧紧抱住她妹妹，乞求着，恳求着。

"别那样，汉娜，哦，别那样——你会害死她的。"

"我至少得说实话呀。"

　　次日早上，她心里想着要把这令人痛苦的事告诉做母亲的，并鼓起勇气准备迎接考验。当她完成职责从病房里回来时，赫斯特正在客厅里等着，脸色苍白，浑身发抖，低声问道：

　　"唔，她反应如何——那个可怜、凄凉的母亲？"

　　汉娜顿时涌出眼泪，说：

　　"上帝饶恕我吧，我告诉她孩子好好的！"

　　赫斯特打起精神，感激地说了声"天哪，汉娜！"然后便感谢不已，崇敬、赞口不绝。

　　之后两个人都认识到自己力量的局限，于是只好认命了。她们谦卑地做出让步，在此种情况下，无论有什么难办的要求都完全照办。她们天天撒着那个早上的谎言，然后在祈祷中忏悔自己的罪过。她们并不祈求饶恕，因为不值得这样做，而只是希望表明她们认识到了自己的邪恶，不愿把它隐瞒起来，或者为它找借口。

　　每天，这个家美丽的小偶像病得越来越重，两个悲哀的姑妈却还在脸色苍白的母亲面前说她容光焕发，精神充沛，美丽可爱，使母亲欣喜若狂，感激之至，而她们却因此忍受着刺痛。

　　最初几天孩子还有力气拿起笔时，仍然给母亲写些充满爱意的小字条，其中隐瞒了她的病情。母亲一次又一次读着它们，幸福的眼里含着感激的泪水，她一次次吻着这些字条，并把它们作为宝物珍藏在枕头下面。

　　然后有一天孩子的手一点儿力气也没有了，她神思恍惚，说话语无伦次，令人忧愁。这可让两个可怜的姑妈十分为难，没有给母亲那些充满爱意的字条了。她们不知如何是好。赫斯特开始做出一个精心考虑、似乎能得到有理的解释，可是断了思路，自己也给弄糊涂了。母亲现出怀疑的表情，然后是惊恐。赫斯特看到这一点，意识到危险降临，于是着手应付紧急情况，坚决地鼓起勇气，力争从挫败的危境中夺取胜利。她用一种心平气和、使人信服的声音说：

"我原以为你知道了会苦恼不安的，不过海伦今晚去斯隆了。那里有一个小聚会，尽管因为你病重她不想去，我们还是说服她去了——她这么年轻，需要一些年轻人有益无害的娱乐，我们也相信你会同意的。她一回来肯定就会给你写字条来。"

"你们真好，对我们母女俩多么亲切、体贴呀！同意？唔，我真心诚意感谢你们。我那可怜的小流浪儿！告诉她我希望她尽量玩得高兴些——我不愿夺走她的任何快乐。我只是要求她注意身体，别生病了，那可让我受不了。谢天谢地她没有染上我的病——真是虎口脱险啊，赫斯特姑妈！想想看，那张可爱的面容阴沉下去、发起高烧是什么样

子。想起来我都受不了。让她注意身体。让她容光
焕发！我现在都仿佛看见她了，那个秀美的小东
西——眼睛大大的，蓝蓝的，充满真诚。也可爱，
啊，多么可爱、温柔而迷人！她还是和先前一样美
丽吗，亲爱的赫斯特姑妈？"

"唔，要说的话，比先前更美丽、欢乐和迷人
呢！"——这时赫斯特转过身笨拙地找着药瓶，以
便掩盖她的羞愧和悲哀。

五

一会儿后，两个姑妈便在海伦的房间里苦苦干
着一件难办棘手的事。她们用自己僵硬的老手，耐
心、认真地极力伪造着所需要的字条。虽然一次
又一次失败，但始终一点点在完善。这一切令人遗
憾，可怜的是没有一个人看出她们的心情，连她们

自己也没意识到。她们的眼泪常常掉在字条上，把它们弄脏了。有时，仅仅一个用得不恰当的字便使字条冒着风险，否则她们也就把字条交给做母亲的了。不过汉娜终于写出一张字条，把海伦的笔迹模仿得非常像，除了多疑的眼睛外谁都不会怀疑——字条里面有不少亲昵的话和富有爱意的绰号，孩子很小时就熟悉它们，经常挂在嘴上。汉娜把这张字条带给做母亲的，母亲满怀渴望地夺过去，亲吻着，抚摸着，一遍又一遍读着那些珍贵的话语，十分满足地注视着最后一段：

"亲爱的妈妈，要是我能看见你，吻你的眼睛，让你搂着该多好！很高兴我做的事没让你担忧！你不久就会好起来的，大家对我都很好，可是没有你我太孤独了，亲爱的妈妈。"

"可怜的孩子，我知道她是什么心情。没有我她是不会很快活的，而我——啊，她时刻也离不开我！告诉她只要高兴做什么都行，还有，汉娜姑妈——告诉她这么远我听不见钢琴声，也听不见她可爱的歌声：天知道我真希望能听见啊。谁也不知道那声音我听起来多么甜蜜，想想看——有一天我会听不见这个声音了！你哭什么？"

"只是因为——因为——我想起一件事。我离开时她正在唱《罗蒙湖》①，那曲调多么忧伤！她唱那首歌时我总会受感动。"

"我也一样。当她心里怀着年轻人的悲哀唱这歌时，它会神秘地抚慰人们的心灵，歌声美得令人心碎……汉娜姑妈？"

"什么事，亲爱的玛格丽特？"

"我病得很重。有时我感到再也听不见那可爱的声音了。"

---

① 苏格兰民歌。——译者注

"啊，别——别那样，玛格丽特！我受不了！"

玛格丽特受了感动，苦恼不安，温和地说：

"来—— 来—— 让 我 抱 着 你 吧。别 哭 呀。来——把你的脸贴着我的脸。放心吧。我是希望活下去的。只要能够我会活下去。唉，没有了我她会怎么办呢！……她常常说到我吗？——不过我知道她会这样的。"

"唔，时时刻刻自始至终都念到你呀！"

"我可爱的孩子！她一回来就给我写字条了？"

"是的——一回来就写了。连身上的东西都没顾得放下。"

"我知道。她总是那么可爱、激动、温柔。我不用问也知道的，不过我想听你亲口告诉我。正如爱妻知道被爱着，但她每天都要丈夫亲口告诉她，就为了听着高兴……这次她用了钢笔，就好些了。铅笔写的字会被擦掉，我会为此不安。是你们建议她用钢笔的吗？"

"是——不——她——是她自己的主意。"

母亲现出快乐的样子，说：

"我就希望你们这样说。哪里还有这么可爱、体贴的孩子呀！……汉娜姑妈？"

"什么，玛格丽特？"

"去告诉她我一直想念她，甚至崇敬她。唉——你又哭了。别为我太担心，亲爱的，我想还没什么可担心的。"

这个悲哀的使者虔诚地把她的话带给了女儿，却没有被听到。姑娘只顾喋喋不休地说着，头脑迷糊，用一双迷惑、吃惊、灼热的眼睛十分茫然地望着她：

"你是——不，你不是我母亲。我要母亲——啊，我要母亲！她刚才还在这儿——我没有看见她走呀。她会来吗？她很快会来吗？现在会来吗？……周围的房子好多呀……它们重重地压迫着我……一切东西都在旋转，旋转……啊，我的头，我的头！"

她就这样神思恍惚，十分难受，产生了一个又一个苦恼的幻想，不停挥舞着疲乏的双手，痛苦不安。

可怜的老汉娜把孩子焦渴的嘴唇湿润一下，轻轻抚摸她发烫的额头，对她低声说些亲切疼爱的话——感谢上帝，她母亲是快乐的，不知道这些情况。

六

孩子病情日益加重，她一天比一天接近坟墓，而看护她的两个可悲的姑妈仍然每天把仿佛镀上金色的消息带给她快乐的母亲，说她如何容光焕发，健康可爱。她母亲的人生历程现在也快走到了尽头，每天她们都用孩子的笔迹编造些充满爱意和欢乐的字条，良心懊悔、心情悲痛地站在一旁。看见满怀感激的母亲如饥似渴读着它们，爱之不尽，把它们当作无价之宝珍藏起来——因为是可爱的孩子写来的，因为孩子的手抚摸过它们而使之变得神圣——看见这些她们就哭泣起来。

那个仁慈的朋友①终于到来，是它使万物得以康复和安宁。灯光暗淡。黎明前大地显得庄严寂静，模糊不清的人影无声地穿过昏暗的门厅，静静地、畏惧地聚集在海伦的房间里，围着她的床边，因为她们知道已经发出了病危通知。奄奄一息的姑娘躺在床上，两眼紧闭，神志不清，胸前的衣服微弱地一起一伏，她的生命在渐渐消逝。每隔一会儿

---

① 指死亡。——译者注

便传来一声叹息或压抑的啜泣，打破沉默。同样的想法萦绕着这儿所有人的心：她死得真可怜，她就要到那片巨大的黑暗中去了，她母亲却不在这儿帮点什么，鼓励她，祝福她。

海伦身子动起来，两手渴望地到处摸着，好像在找什么东西——她已几个小时看不见了。死亡降临，人人都明白。赫斯特重重地啜泣一下，把孩子搂在胸前，叫道："啊，孩子，亲爱的孩子！"这个临死的姑娘脸上顿时露出欢喜的神情，因为这是姑妈出于慈爱，想使她误以为抱着自己的双手是另一个人的。她低语着渐渐长眠了："啊，妈妈，我多幸福呀——我太想你了——现在我可以去了。"

两小时后赫斯特前来报告。母亲问：

"孩子怎么样？"

"她很好。"

七

一条黑纱挂在房子门上，在风中飘舞，沙沙作响，低声传播着消息。中午时为死者的准备工作已办完，洁白、清纯、美丽的躯体躺在棺材里面，那张可爱的面容极其安宁。两个哀悼的人——汉娜和黑人女仆蒂莉——坐在旁边，表情悲哀而庄重。赫斯特浑身哆嗦着走来，心里苦恼极了。她说：

"她要字条。"

汉娜顿时脸色发白。她未曾想到这一点，好像这可悲的义务已结束了。但她现在明白那是不行的。两个女人一时站在那儿，茫然看着对方的脸，然后汉娜说：

"没有别的解决办法——她必须得到字条，否则会怀疑。"

"也会发现问题。"

"是的,那会伤她的心。"她看一眼死者的面容,涌出了泪水。"我会写的。"她说。

赫斯特把字条带过去。末尾一段说:

"亲爱的妈妈,非常可爱的妈妈,我们不久又会在一起了。难道这不是个好消息吗? 这是真的,大家都说是真的。"

母亲悲哀地说:

"可怜的孩子,她知道了如何能受得了呢? 我这辈子再也看不到她了。这让人难过,太让人难过了。她不怀疑吗? 你们没有让她知道吗? "

"她认为你不久就会好的。"

"你真好,真细心,亲爱的赫斯特姑妈! 任何会传染的病人都没有接近她吗? "

"那会是犯罪。"

"可你们看见她了? "

"是的——不过隔着一定距离。"

"那太好了。对其他人还不能绝对相信，可你们这两个守护神实在让人深信不疑。别人可能会不忠实，许多人还会欺骗、撒谎。"

赫斯特目光朝下，她老可怜的老嘴唇哆嗦着。

"让我把给她的吻印在你脸上吧，赫斯特姑妈。等我走了，危险过去的时候，哪一天你又把这个吻印在她可爱的嘴上，就说是她母亲送来的，里面包含了母亲所有的悲哀。"

一小时内赫斯特完成了她忧伤的使命，泪如雨下，落到死者的脸上。

八

又一个黎明到来，接着天亮了，然后阳光普照大地。汉娜姑妈把让人安慰的消息带给日渐衰弱的母亲，还有一张使人高兴的字条，上面又写道：

"我们用不着等多久了，亲爱的妈妈，然后又可以在一起了。"

风中传来深沉的钟声，像在呜咽一般。

"汉娜姑妈，那是丧钟。某个可怜的灵魂安息了。我不久也会这样的。你们不会让她忘记我吧？"

"哦，上帝知道她决不会忘记！"

"你没听见什么奇怪的声音吗，汉娜姑妈？好像是许多脚拖动的声音。"

"我们本不希望你听见，亲爱的，那是一个小聚会，为了——为了海伦的缘故，像个可怜的小囚犯似的。将会有音乐——她喜欢这样。我们先前想到你不会在意的。"

"在意？哦，不，不——哦，她可爱的心儿无论想做什么都答应她。你们两个对她真好，对我真好！上帝永远保佑你们！"

她听了一会儿，说：

"多么动听！是她的风琴。你们认为她自己在拉吗？"

微弱、低沉而鼓舞人心的和弦，在静静的空气中飘进她耳朵里。

"是的，是她在拉，亲爱的宝贝，我听出来了。他们在唱着。啊——是一首赞美诗！这诗最神圣，最感人，也最令人安慰……它好像为我打开了天堂的大门……假如我现在能死去……"

寂静中仿佛从远处传来微弱的话语：

> 我离上帝，越来越近，
>
> 越来越近，
>
> 即便是一个十字架
>
> 将我托起。

随着赞美诗的结束又一个灵魂安息了，母女俩生前如同一个人，死后也不分离。两个孪生姐妹既悲哀又高兴，说：

"她一点儿不知道，真是多么有福啊！"

九

半夜时她们还忧伤地坐在那儿，上帝的天使出现在她们中间，他变得更加美丽，那容光焕发的神情非尘世所有。天使说：

"上帝为撒谎的人指定了一个地方，他们在地狱的火焰中永被烧毁。忏悔吧！"

于是丧亲的姐妹跪倒在他面前，紧紧握住双手，俯下灰白的头，不无崇拜。但是她们的舌头像粘在了上颚一般，说不出话来。

"快说呀！让我把你们的话带给天堂的法庭，

再带回判决——不允许有任何上诉。"

然后她们把头俯得更低，一个说：

"我们罪大恶极，深感耻辱，只有最后彻底的忏悔才能使我们变得完整。我们是可怜的人，知道了人性的弱点，明白如果再置身于那艰难的处境会再次丧失勇气，同样会犯罪。坚强的人能够取胜，因此得以拯救，可我们失败了。"

她们恳求地抬起头来。天使已离开。正当她们在惊异、哭泣之际天使已飞了回来，俯下身子低声传达了判决。

十

上天堂还是下地狱？

刘荣跃　译

一个病魔缠身者的故事

　　我似乎有六十岁的样子，结了婚，但这种印象是因自己的身体状况和遭受的疾苦所致，因为我还是个单身汉，只有四十一岁。你很难相信，我现在仅仅是个弱不禁风的人，而在短短两年前却是个十分健壮、充满活力的男人——一个意志坚强的人，甚至还是个运动健将呢！然而事实就这么简单。而比这更奇特的，是我丧失健康的经历。在一个冬天的夜晚我乘坐火车旅行两百英里，帮助护送一箱枪支，并因此把身体搞垮了。事实的确如此，让我告诉你是怎么回事吧。

　　我是俄亥俄州克利夫兰市人。在一场猛烈的暴

风雪中，天刚一黑我就赶回了家，走进屋子听到的
第一件事，就是我少年时最亲爱的朋友和同学约
翰·B.哈克特于前一天去世了——他临终说出的话
是，希望我把他的遗骸送回到威斯康星州可怜的老
父老母那里。

　　我非常震惊痛苦，可是没有时间去难过了，
我必须马上行动。我拿起卡片，上面写着"利瓦
伊·哈克特执事，伯利恒市，威斯康星州"，然后我
匆匆穿过呼啸的风暴赶到火车站。

　　到达那里后，我找到别人对自己描述过的那口
五针松木长形棺材。我用大头钉把卡片固定在上
面，看见它被稳当地抬到快运车上，然后我跑进餐
厅买了一块三明治和一些烟。我很快返回去，似乎
自己护送的那口棺材又送回来了，有个青年男子正
在仔细查看它，他手里拿着一张卡片、一些大头钉
和一把锤子！

　　我很吃惊，感到不解。他开始把卡片钉上去，我情绪激动地向快运车冲去，要求他对此做出解释。可是不——快运车上确实有我护送的棺材，并没有人动过它。（事实是出现了一个天大的错误，而我却没有发觉。我正带走一只装着枪支的箱子，而这是那个年轻人赶到车站来，要把它运送到伊利诺伊州皮奥里亚市的一个步枪连去的，但他却钉到我护送的棺材上了！）

　　就在这时列车员喊"请上车"时，我便跳到快运车上，在一些桶上面找个舒适的位置。快运员在那儿，他工作很努力，是个五十岁的普通男人，面容显得单纯、真诚而温厚，整个儿看起来活泼轻快，务实热诚。火车开动时有个新来的人跳进车厢，把一包气味特别浓的林堡干酪①放到我护送的

　　——————————
　　① 比利时原产的干酪之一。——译者注

棺材一端——我指那箱枪支。就是说，我现在知道
了那是林堡干酪，但当时自己根本没听说过那种东
西，当然对于它的特性也一无所知。

　　唔，我们飞快地穿行在荒凉的夜晚，此时狂风
肆虐，我不禁感到阴郁难受，心在下沉，下沉，下
沉！老快运员对狂暴寒冷的天气轻快地谈论了一
下，把一道道滑动门砰地关上、拴住，把窗子紧紧
关闭，然后匆匆四处走动着，将一样样东西摆正位
置，整个这段时间他都在低声哼着《同聚美地》①，
音调降低了不少。

　　不一会儿后，我嗅到一种极其恶心难闻的气味
弥漫在凝固的空气里，这更让我感到郁闷，因为自
己当然把这归咎于已故的可怜朋友。他用这种无
声、悲哀的方式让我想到他，这真是令人多么悲

————————

① 当时流行的一首歌。——译者注

伤，我因此禁不住流下眼泪。而且我也为那个老快运员难过，担心他可能注意到了。然而他继续平静地哼着，没有表现出任何迹象，我于是又觉得安慰。安慰，是的，但仍然于心不安。不久我每一分钟都越来越担忧了，因为那种气味变得越来越浓密强烈，难以忍受。

随即，快运员把事情安排满意后，弄了些木头，把炉里的火升得旺旺的。但这种情况让我说不出的苦恼，只觉得这是一个错误。我肯定，这会对已故的可怜朋友带来有害影响。汤普森——我在夜里知道了这是快运员的名字——此时在车厢里一边四处翻看着，堵住任何发现的零星裂缝，一边说管它外面的黑夜怎样都没关系，无论如何他要让我们舒适一些。我一言不语，但相信他选择那样做是错误的。

汤普森还像先前一样自个儿哼着歌儿，炉子也

越来越热，车厢里更加密不透风。我感到自己脸色
苍白，心中不安，但只是默默地难受，什么也没
说。一会儿后我注意到《同聚美地》的歌声渐渐消
失，随即完全终止了，出现了一种不祥的寂静。片
刻后汤普森说：

"哼！我看给这炉子添的柴根本不是肉桂树
皮吧！"

他喘息了一两下，然后走近棺——枪支箱①，在
林堡干酪旁站了片刻，随后走回来在我旁边坐下，
显得意识到事情严重的样子。他沉思一会儿后示意
那口棺材，问：

"你朋友？"

"嗯。"我叹息一声说。

"他的气味真大，是吧！"

① 主人公先想到是棺材，后想到是枪支箱，所以改口。而实际那
　是林堡干酪。——译者注

　　大概有几分钟谁都没再说什么，彼此只是自个
儿想着。然后汤普森不无畏怯地低声说：

　　"有时你拿不准他们是否真的死了——好像死
了，你以为——身子还没发凉，肢体柔软——因此
虽然你认为他们死了，但你真的不能确信。我在车
厢里就遇到过这样的事。太可怕了，你不知道啥时
候他们会爬起来，看着你！"

　　然后他停顿片刻，微微朝棺材抬起胳膊
肘，说：

　　"可他并非处在恍惚的状态呀！不是，先生，
我保证！"

　　我们坐了一些时间，陷入沉思，一边倾听着风
声和火车的呼啸。然后汤普森十分不安地说：

　　"唉——唉，我们都要走的，这是毫无办法的
事。就像《圣经》说的：'人为妇人所生，日子短

少.'①是的，不管你想怎样看待这事，它都是很严肃、奇怪的：谁也拿这没办法。所有人都得死——每个人，正如你会说。有一天某人还精力充沛，身体强壮。"

这时他快速走过去，把一块窗玻璃敲碎，将鼻子伸出去一会儿，之后又坐下，而我也在同一地方极力把鼻子伸出去，我俩不时这样。

"次日他就像草一样被割下了②，那些知道他的地方从此把他彻底忘记，就像《圣经》里说的。是的，这确实是很严肃、奇怪的。可我们都得死，这是迟早的事，你拿它没办法的。"

这时又久久地停留了一段时间，然后他问：

"他是怎么死的？"

---

① 引自《圣经·旧约》第14章第1节。——译者注

② 语出《圣经·诗篇》第37章第2节："因为他们如草块被割下。"——译者注

我说不知道。

"死了多久呢？"

似乎需要把事实详细说一下才明智，以便符合可能的情况，所以我说：

"两三天。"

但这毫无用处，因为汤普森听到后像是受了伤害的样子，那显然在说："你指两三年吧。"接着他不顾我说的话，继续平静地讲自己的，对于把葬礼拖延得如此久的无知行为，他长篇大论地表明了自己的看法。然后他懒洋洋地朝棺材靠过去一点儿，站了片刻，又快步回过身看看敲破的窗玻璃，说：

"假如他们去年夏天就把他运走，整个儿看来情况会好得多。"

汤普森坐下去，把脸埋在丝织红手帕里，像个尽量忍受几乎无法忍受的东西的人那样，缓缓地晃动、摇摆着身子。这时那种香气——如果你会把它称作香气的话 ①——只要一闻到就几乎让人窒息。汤普森把脸转向一边，我知道自己的也没有了血色。随即汤普森把额头靠在左手上，肘部放在膝盖上，用另一只手微微向棺材挥动着红手帕，说道：

"我运送过不少他们这样的人——有的也拖延了很久——不过，老天爷，这个人比所有其他人都厉害！——而且那么容易就超过了他们。上尉，对于他而言他们都是些小草罢了！"

尽管面临这可悲的处境，但此种对于自己可怜朋友的认可让我满意，因为这听起来颇有称赞的意味。

不久后，显然需要做点儿什么。我建议抽抽烟，汤普森认为是个好主意，说：

"这可能会让他的气味好受一些。"

---

① 指先前说到的干酪，只是被误以为是尸体发出的。——译者注

我们小心谨慎地抽了一会儿烟，极力想象着事情有了好转，但是根本无用。不久，我俩不约而同地静静地把烟从无力的手指上丢掉了。汤普森叹息着说：

"不行，上尉，根本无法让他的气味缓解一点儿。事实上更糟，因为这好像让他更来劲儿了似的。你现在认为咱们最好咋办呢？"

我无法提出任何建议。的确，我只得一直忍受着，忍受着，不想说什么。对于这晚糟糕痛苦的经历，汤普森断断续续、无精打采地抱怨着。他开始用各种头衔提到我可怜的朋友——有时是军方的，有时又是政府方面的。我注意到随着可怜朋友的气味越来越大，汤普森也相应把他提升了——给他一个更大的头衔。最后他说：

"我有了一个主意。假如咱们好好弄一下，把这位上校朝车厢另一端推一点儿呢？——比如说大约推十英尺。那样他就不会有太大影响，你看如何？"

　　我说这是个好办法。于是我俩在敲破的窗玻璃旁狠狠呼吸一下新鲜空气，预料能坚持到把那东西抬过去。然后我们走到那儿，朝要命的干酪俯下身，抓住棺材。汤普森点头说"准备"，随即我们使出浑身力气把它朝前推动。但汤普森滑了一下，鼻子重重地撞在干酪箱上，弄得他透不过气来。他气喘吁吁，踉跄着身子，向门口冲去，仿佛在抓扒着空气似的，他嘶哑着说："别挡我！——让开！我要死了。快让开！"我在外面寒冷的车厢连接处上坐下，一时扶着他的头，他恢复过来，随即说道：

　　"你认为我们挪动了那位将军一点儿吗？"

　　我说没有，我们并没有挪动他。

　　"唔，那么，那个主意落空了。咱们得想想别的办法。我看他适合待在原地，如果他那么认为，并已决定不希望让人打扰，当然在此事上随他的便好啦。是的，只要愿意，最好就让他待在原地。你不知道吗，他手里握着王牌呢，这可是明摆着的事：让别人为自己改变计划的人，是不会有人去管他的。"

可是我们不能待在外面疯狂的暴风中，那样会冻死的。于是我俩又走进去关好门，再次忍受着，轮流去敲破的窗旁。不久后，正当我们离开一个停留了片刻的车站时，汤普森高兴地跨进车厢，大声说：

"咱们现在好啦！我想咱们这次可把海军准将给制服了。我断定自己这儿弄到的东西，会让他没那么嚣张的。"

那是石炭酸，他有一大玻璃瓶。他将它喷洒到周围各处，事实上把每样东西都浸湿了，不管是步枪箱、干酪还是什么的。然后我俩坐下，感到颇有了希望。但这并没持续多久。你瞧，两种气体开始混合到一起，然后——唉，很快我们就朝门口冲去，汤普森在外面用大手帕擦着脸，有点儿沮丧地说：

"一点儿不管用。我们再也抵挡不了他啦。他只是利用所有我们让他闻起来不那么难受的东西，加上自身的气味又向我们弥漫过来。唉，上尉，你不知道吗，现在的情况比他最初出发时糟糕了一百倍。我从没看见有谁这样热心自己的事，对它有着如此该死的兴趣。不，先生，只要我在路上就从来没有，而正如我告诉你的，我已运送了不少他们这样的尸体。"

我们冻得很僵，又走进车厢，可是哎呀，这时简直受不了。因此我们只是走进来又走出去，一身给冻僵了，再缓和过来，感到窒息，这种情况轮番出现。大约一小时后我们在另一个车站停下，离开它时汤普森拿着一只袋子进来，说：

"上尉，我要再拿他冒一次险——就这次。如果这次搞不定他，那么我们只好认输算了。我就决定这样干。"

他已带来很多鸡毛、苹果干、烟叶、破布、旧鞋、硫黄、阿魏胶和这样那样的东西，把它们堆放在地板中间一块宽大的铁板上，将其点燃。

那些东西如何燃得那么好，甚至那尸体如何受得了，我本人无法明白。对于那种气味，所有眼前的气味都只是富有了诗意一般——不过注意，最初的气味始终非常突出——事实上，其他的似乎只是让它持续得更久罢了。哎呀，它是多么的浓烈！我没有在那儿——在车厢连接处上做这些思考，没有时间。汤普森朝车厢连接处冲去，喘不过气来，倒下了。没等我把他拉起来——是拎着衣领的——我自己也差点儿完蛋。等我俩恢复过来时，汤普森垂头丧气地说：

"咱们得待在这外面，上尉，必须这样，没别的办法。这位总督想独自旅行，他很执着坚定，能把我们打败的。"

随即他补充道：

"你不知道吗，咱们已中毒了。这是我们最后的旅行，你可以对此确定的。伤寒热将会由此引起。我觉得它眼下正在出现。是的，先生，咱们被挑选上了，就像你出生那么确定无疑。"

我们给冻僵了，失去知觉，一小时后在下一个车站被从车厢连接处上抬走，我随即发烧得要命，三周才回复神志。然后我才发现，自己与一口装着步枪、毫无伤害的箱子和不少无辜的干酪度过了一个可怕的夜晚。但这消息来得太迟，没能救我。这都是想象造成的，我的健康永远给毁了。无论百慕大群岛还是任何其他地方，都没能让我恢复过来。
这是我最后的旅行，我正在走向死亡的路上。

刘荣跃 译

卡拉维拉县有名的跳蛙

　　一位朋友从东部来信，让我去拜访那位温厚而多舌的老西蒙·惠勒，并向他打听一下朋友的朋友利奥尼达斯·沃·斯迈利的情况。我一一照办，以下便是我拜访的结果。我隐隐怀疑利奥尼达斯·沃·斯迈利是一个神话式的人物，我朋友根本就不知道这样一个人，他只是猜想罢了，假如我向老惠勒打听斯迈利的事，可能会让他想到那个丢尽脸面的吉姆·斯迈利，他会因此滔滔不绝、令人恼怒地讲起关于吉姆·斯迈利的往事，冗长乏味，烦人透顶——这对于我是毫无用处的。假如朋友有这样的猜想，那么他算猜想对了。

　　我在已经衰败的天使矿区见到西蒙·惠勒的时候，他正在那个破旧的酒吧里，在火炉旁舒适地打着瞌睡。我发现他身体胖胖的，脑袋光光的，平静的脸上显得温柔纯朴，十分可爱。我走近时他便醒了，向我问好。我说，一个朋友托我来打听一下他幼时的一位好友，名叫利奥尼达斯·沃·斯迈利，即利奥尼达斯·沃·斯迈利牧师，一个传播基督教福音的年轻人，朋友听说他曾经在天使矿区住过。我又对惠勒先生补充说，假如他能告诉我任何关于利奥尼达斯·沃·斯迈利牧师的事，我会感激不尽的。

　　西蒙·惠勒让我退到一个角落，用他的椅子把我挡住，自己坐了下来，滔滔不绝地讲起下面这个单调乏味的故事。他从未笑一笑，皱一皱眉头，声音自始至终都是那么温和平稳，连一丁点儿激情也没表现出来。不过，尽管他的讲述没完没了，但我却深深感到了一种认真诚挚的态度，这使我清楚地看到，他非但没有想到自己的故事有任何滑稽可笑之处，而且他真的认为这件事相当重要；他也很钦佩其中的两位主人公，认为他们在玩弄"手腕"上简直是出类拔萃的天才。我任他喋喋不休地讲下去，一次也没有打断他。

"牧师利奥尼达斯·沃……唔……牧师利——哦，这儿是有那么个家伙，名叫吉姆·斯迈利，是在49年①冬天——或者是50年春天——不知咋的，我记不准了，不过我为啥觉得是在那两年里呢？因为我记得他刚来这个矿区时，那个大水槽还没修完呢。但无论如何，反正他那时是这儿最古怪的人，凡是你眼睛见过的东西他没有不拿来打赌的，只要有人愿意和他打；如果不愿意，他和你交换位置打赌也行。凡是适合对方的也都适合

---

① 指 1849 年。——译者注

他——只要能打赌，他就高兴满意，而且他运气老是那么好，不一般地好，多数时候都是他赢——他随时准备着一有机会就和人打赌。你找不到一件那家伙不能和你打赌的事情，并且随你站哪一方都行，如我刚才所说。假如有一场赛马，结束时你要么会看见他满脸喜色，要么像破产了似的。狗打架，他要打赌；猫打架，他要打赌；鸡打架，他要打赌；唉，假如有两只鸟儿落在栅栏上，他也会跟你打赌看哪只先飞走。假如有野营布道会，他会按时去那儿，并拿沃克牧师来打赌——他认为沃克是这个地方最会布道的人，事实也如此，沃克还是一个好心的人呢。甚至，假如他看见一只大摇大摆的蟑螂在朝着某个方向爬去，他也会和你打赌它要多长时间爬到——爬到它要去的任何地方。假如你想和他打一下赌，他甚至会跟着蟑螂走到墨西哥去，看看它究竟要走到哪里，路上要走多长时间。这儿好多男孩子都见过斯迈利，并且都能给你讲他的故事。唉，这对他来说一点儿关系都没有——管它啥事他都要打赌，真是一个再糟糕不过的家伙。沃克牧师的老婆有一次重病了很久，好像无法医治了。一天上午沃克走进斯迈利家，斯迈利站起来，问他老婆怎样了，他说大有好转——感谢上帝大慈大悲——她已经很有精神。承蒙上天的赐福，她会好起来的！可是斯迈利也没先想一下，就说道：'唔，我拿两元五打赌，她绝不会好起来的。'

"今年斯迈利弄到一匹母马——男孩们都叫它'蜗牛老马'，不过你知道这只是开开玩笑，因为它当然不是他们说的那样慢——斯迈利还经常拿它打赌赢钱呢，尽管它慢得要死，老是患有气喘、瘟热①或肺结核之类的病。他们常让它先跑两三百码

---

① 动物（尤指猫、狗）的传染病。——译者注

远，然后再让别的马赶过它。但是它总在快到终点时变得兴奋起来，拼了老命似的往前跑，一会儿灵活地撒腿四脚腾飞，一会儿跨过一道道围栏，身后卷起的尘土比别的马多，咳嗽，打喷嚏，擤鼻子，哪匹马也不像它那么不得安宁——它总是在看台处追赶上去，最后比其他马先一脖子冲出终点线——你最多也只能计算出这个差距了。

　　"他有一只很小很小的小巴狗，你看到它就会觉得它不值一文，不过到处闲逛，看起来普普通通，时刻寻找机会偷东西罢了。可是一旦人们把赌注押到它身上，它就会摇身一变，它的下颚会像轮船的前甲板一样伸出来，牙齿暴露在外，如火炉一般发出亮光。它会被一只狗抓住、戏弄、嘴咬，两三次撞翻在地，而安德鲁·杰克逊——这是那狗的名字，安德鲁·杰克逊也必然会显得满足的样子，也没有指望别的什么——因此赌注在另一方成倍增加，直到最后大家都把钱押完了。

"就在这时，它会突然咬住另一只狗的后腿关节，死死咬住不放——你知道不是要咬破对手，只是死死咬住不放，直到另一只狗认输，哪怕这样僵持一年。斯迈利用他那只狗打赌总是成为赢家。直到有一次他套住一只没有后腿的狗——那只狗的后腿被环形锯锯掉了。当比赛进行了很大一会儿，大家的钱也都押光了，安德鲁便开始它那得意的抓咬动作，但它立即发现自己是怎样受了欺骗，另一只狗怎样使它落入了圈套——可以这么说——它先是显得吃惊的样子，然后又显得有些泄气了，也不再想去赢那场打斗，所以它上了一次大当。它看了斯迈利一眼，好像在说它的心都碎了，那都是他的错，用一只没有后腿的狗去让它抓咬，而抓咬后腿又正是它打斗中的拿手好戏。然后它一瘸一拐走了一段路，就倒下死了。

"安德鲁·杰克逊可真是一只好狗，假如不死，它会名扬天下的，因为它是那块料，有那种天才——我知道这点，它自己从没有机会说出来，假如一只狗在那些情况下还能打斗，没有一点儿本事是说不过去的。一想到它最后那次打斗的情景，想到比赛的结果，我心里总是很难过。

"瞧，今年斯迈利弄到一些老鼠、小公鸡、雄猫之类的动物，它们简直让你不得安宁，你找不到任何东西让他打赌而他不愿意和你打的。有一天他捉到一只青蛙，把它带回了家，并说他打算要培养它。所以他三个月里啥事也不做，成天坐在后院里教青蛙跳跃。你别说，他也真的把它教会了。他会从后面轻轻拍一下蛙，接下来你看到它像个圆圈似的在空中旋转——看到翻着一个筋斗，或者如果开头翻得好的话，会一连翻几个筋斗，然后像猫一样平平稳稳地落到地下，啥事也没有。他甚至让青蛙去学着抓苍蝇，经常不断让它练习，到最后只要它看见一只苍蝇，不管有多远它都会去捉住。

"斯迈利说一只青蛙唯一要做的就是接受培养，说它几乎没有做不了的事——我相信他的话。哎，我亲眼见过他把丹尔·韦伯斯特[①]放在这个地板上——丹尔·韦伯斯特是那只青蛙的名字——并大声叫喊：'苍蝇，丹尔，苍蝇！'它会比你眨眼的工夫还快，一下直直地跳起去，猛然把柜台上的一只苍蝇抓住，再跳回到地板上，像一块黏泥一样稳稳当当的。然后它用一只后腿抓搔自己头的一边，满不在乎的样子，好像它根本没想到自己比任何一只蛙更能干。你还从没见过哪只蛙有它那么谦虚，那么坦诚的，尽管它如此有天赋。在举行非常公正的赛跑时，它与别的蛙站在同一起跑线上，每一步都

---

① 丹尔·韦伯斯特：美国政治家，生卒年为1782—1852。——译者注

会比任何一只你见过的蛙跨得更大。在同一起跑线上开跳可是它的拿手好戏，你明白，只要有这种比赛，斯迈利就会把钱押在它上面，哪怕他只有一分钱。斯迈利对他那只青蛙真是得意得要死，不过也该他那样，因为那些走遍了天下的人都说，在他们见过的蛙中，还没有一只能胜得过他那只蛙的呢。

"唔，斯迈利把那只动物装在一个小格子盒里，不时把它带到商业区去和别人打赌。一天有个家伙——他是外地来的——碰见斯迈利拿着这盒子，便问道：'你那盒子里装的是啥玩意儿呀？'

"斯迈利好像满不在乎地说：'也许是一只鹦鹉吧，或者也许是一只金丝雀，但都不是——它不过是一只青蛙。'

"那家伙接过盒子，翻来覆去、仔仔细细地看着，说：'唔——不错，是青蛙。哎呀，它有啥用处呢？'

"'哦,'斯迈利随随便便、漫不经心地说,'它很会做一件事,我想——在卡拉维拉县没有一只青蛙能跳得过它。'

"那家伙又把盒子接过去,仔仔细细打量了很久,然后不慌不忙地说:'唔,我一点儿看不出你那只蛙比别的任何一只蛙好在哪里。'

"'也许你看不出。'斯迈利说,'也许你了解青蛙,也许你并不了解它们。也许你有经验,也许你连个业余爱好者都不是,可以这么说。不管怎样,我有我的看法,我愿意拿四十美元来打赌,卡拉维拉县没有一只青蛙能跳得过它。'

"那家伙仔细想了一下,然后好像有点儿犹豫的样子,说:'唉,我在这儿人生地不熟,哪有什么蛙呢,不过如果我能弄到一只蛙,我是会和你赌一把的。'

"然后斯迈利说:'那好吧,那好吧,只要你替我把这盒子拿一下，我就去给你弄一只蛙来。'因此那家伙就接过盒子，掏出四十美元，把它同斯迈利的钱放在一起，坐下来等着。

"他在那儿坐了很久，一个人想呀想，然后把青蛙从盒子里取出来，撬开它的嘴，用一只茶匙把铅沙粒往它嘴里灌得满满的，一直灌到了下巴处，再把它放到地板上。斯迈利去了沼泽地，在稀泥里转了好长时间，最后才捉住一只蛙，把它带到商业区递给外地人，说：'好啦，如果你已准备好，就把它和丹尔并排放在一起，甚至要把它的前爪和丹尔的并排放好，我喊开始。'

"然后他就说：'一——二——三——开始！'于是他与那家伙一起从后面拍一下各自的青蛙，那只刚捉来的蛙轻轻松松地就跳出去了，可是丹尔只动了动，耸了耸肩——很像个法国人那样，但是一点儿用处没有——它一点儿也移动不了，像一座教堂似的稳稳当当固定在那里，它一动不动，仿佛抛锚了一般。它可把斯迈利惊得要死，也让他恶心，可是他当然一点儿不知道是怎么回事。

"那家伙拿了钱就走。就在快出门时，他把大拇指往肩头上一举——那是对着丹尔的——又一次不慌不忙地说：'哦，我一点儿看不出你那只蛙比任何一只别的蛙好在哪里。'

"斯迈利站在那儿用手抓搔着头，一直把地上的丹尔盯了很久，最后他说：'我实在弄不明白这只蛙干吗出了差错——我很想知道它是不是有问题，不知怎么它看起来身子鼓胀得这么大。'于是他抓住丹尔的颈背，举起来说：'假如它没有五磅重才怪呢！'他把蛙倒翻过来，便见从它嘴里吐出两把铅沙粒。这时他才明白是怎么回事，顿时暴跳如雷，他把蛙放到地上就去追赶那家伙，可是根本追不到。然后——"

（这时西蒙·惠勒听见有人在前院叫他的名字，起身去看有什么事。）他边走边转过头对我说："你人生地不熟，就坐在这儿别动，放心好啦——我不会离开多久的。"

但是请读者诸君原谅，我并不认为继续听那个富有魄力的流浪汉吉姆·斯迈利的故事，会给我提供很多有关利奥尼达斯·沃·斯迈利的情况，所以我就起身走了。

在门口，我又遇见那位和蔼可亲的惠勒回来了，他极力把我留下，又开始说道：

"哦，今年斯迈利弄到一头独眼黄牛，没有尾巴，只有一点儿像香蕉一样的短桩，并且——"

可是，我既无时间也无兴趣，所以并没有留下听他讲那头受苦受难的牛，而是起身告辞。

刘荣跃　译

百万英镑

　　我二十七岁那年，在旧金山一个矿业经纪人那里当办事员，对证券交易的详情颇为精通。当时我在社会上是孤零零的，除了自己的智慧和清白的名声之外，别无依靠；但是这些长处就使我站稳了脚跟，并有可能走上幸运的路，所以我对于前途是很满意的。

　　每逢星期六午饭之后，我的时间就归自己支配了，我照例在海湾里把时光消磨在游艇上。有一天我冒失地把船驶出海湾，一直漂到大海里去了。傍晚，我几乎是绝望了的时候，有一艘开往伦敦的双桅帆船把我救了起来。那是远程的航行，而且风浪很大，他们叫我当了一个普通的水手，以工作代替船费。我在伦敦登岸的时候，衣服褴褛肮脏，口袋里只剩了一块钱。这点钱只供了我二十四小时的食宿。那以后的二十四小时中，我既没有东西吃，也无处容身。

　　第二天上午大约十点钟，我饿着肚子，狼狈不堪，正在波特兰路拖着脚步走，刚好有一个小孩子由保姆牵着走过，把一只美味的大梨扔到了阴沟里——只咬过一口。不消说，我站住了，用贪婪的目光盯住那泥泞的宝贝。我垂涎欲滴，肚子也渴望着它，全副生命都在乞求它。

　　可是我每次刚一动手想去拿它，老是有过路人的眼睛看出了我的意图，当然我就只好再把身子站直，显出若无其事的神气，假装根本就没有想到过那只梨。这种情形老是一遍又一遍地发生，我始终无法把那只梨拿到手。后来我简直弄得无可奈何，正想不顾一切体面，硬着头皮去拿它的时候，忽然我背后有一扇窗户打开了，一位先生从那里面喊道：

"请进来吧。"

一个穿得很神气的仆人让我进去了，他把我引到一个豪华的房间里，那儿坐着两位年长的绅士。他们把仆人打发出去，叫我坐下。他们刚吃完早饭，我一见那些残汤剩菜，几乎不能自制。我在那些食物面前，简直难以保持理智，可是人家并没有叫我尝一尝，我也就只好尽力忍住那股馋劲儿了。

在那以前不久，发生了一桩事情，但是我对这回事一点儿也不知道，过了许多日子以后才明白；现在我就要把一切经过告诉你。那弟兄俩在前两天发生过一场颇为激烈的争辩，最后双方同意用打赌的方式来了结，那是英国人解决一切问题的办法。

你也许还记得，英格兰银行有一次为了与某国办理一项公家交易之类的特殊用途，发行过两张巨额钞票，每张一百万镑。不知什么原因，只有一张用掉和注销了，其余一张始终保存在银行的金库里。这兄弟两人在闲谈中忽然想到，如果有一个非常诚实和聪明的外方人漂泊到伦敦，毫无亲友，手头除了那张一百万镑的钞票而外，一个钱也没有，而且又无法证明他自己是这张钞票的主人，那么他的命运会是怎样。

　　哥哥说他会饿死，弟弟说他不会。哥哥说他不能把它拿到银行或是其他任何地方去使用，因为他马上就会当场被捕。于是他们继续争辩下去，后来弟弟说他愿意拿两万镑打赌，认定那个人无论如何可以靠那一百万生活三十天，而且还不会进牢狱。哥哥同意打赌。弟弟就到银行里去，把那张钞票买了回来。你看，那是十足的英国人的作风，浑身都是胆量。然后他口授了一封信，由他的一个书记用漂亮工整的字体写出来；于是那弟兄俩就在窗口坐了一整天，守候着一个适当的人出现，好把这封信给他。

他们看见许多诚实的面孔经过，可是都不够聪明；还有许多虽然聪明，却又不够诚实；另外还有许多面孔，两样都合格，可是面孔的主人又不够穷，再不然就是虽然够穷的，却又不是外方人。反正总有一种缺点，直到我走过来，才解决了问题；他们都认为我是完全合格的，因此一致选定了我，于是我就在那儿等待着，想知道他们为什么把我叫了进去。他们开始向我提出了一些问题，探询关于我本身的事情，不久他们就知道了我的经历。最后他们告诉我说，我正合乎他们的目的。

我说我由衷地高兴，并且问他们究竟是怎么回事。于是他们之中有一位交给我一个信封，说是我可以在信里找到说明，我正待打开来看，他却说不行，叫我拿回住所去，仔细看看，千万不要马马虎虎，也不要性急。我简直莫名其妙，很想再往下谈一谈这桩事情，可是他们却不干。于是我只得告辞，心里颇觉受了委屈，感到受了侮辱，因为他们分明是在干一桩什么恶作剧的事情，故意拿我来当笑料，而我却不得不容忍着，因为我在当时的处境中，是不能对有钱有势的人们的侮辱表示怨恨的。

现在我本想去拾起那只梨来，当着大家的面把它吃掉，可是梨已经不在了，因此我为了这桩倒霉的事情失去了那份食物。一想到这点，我对那两个人自然更没有好感。我刚一走到看不见那所房子的地方，就把那只信封打开，看见里面居然装着钱！说老实话，我对那两个人的印象马上就改变了！我片刻也没有耽误，把信和钞票往背心口袋里一塞，立即飞跑到最近的一个廉价饭店里去。啊，我是怎么个吃法呀！最后我吃得再也装不下去的时候，就把钞票拿出来，摊开望了一眼，我几乎晕倒了。五百万美元！哎，这一下子可叫我的脑子直发晕。

我在那儿坐着发愣，望着那张钞票直眨眼，大约足有一分钟，才清醒过来。然后我首先发现的是饭店老板，他的眼睛望着钞票，也给吓呆了。他以全副身心贯注着，羡慕不已，可是看他那样子，好像是手脚都不能动弹似的。我马上计上心来，采取了唯一可行的合理办法。我把那张钞票伸到他面前，满不在乎地说道：

"请你找钱吧。"

这下子他才恢复了常态，百般告饶，说他无法换开这张钞票；我拼命塞过去，他却连碰也不敢碰它一下。他很愿意看看它，把它一直看下去，好像是无论看多久也不过瘾似的，可是却避开它，不敢碰它一下，就像是这张钞票神圣不可侵犯，可怜的凡人连摸也不能摸一摸似的。我说：

"这叫你不大方便，真是抱歉；可是我非请你想个办法不可。请你换一下吧，另外我一个钱也没有了。"

可是他说那毫无关系，他很愿意把这笔微不足道的饭钱记在账上，下次再说。我说可能很久不再到他这带地方来，他又说那也没有关系，他尽可以等，而且只要我高兴，无论要吃什么东西，尽管随时来吃，继续赊账，无论多久都行。他说他相信自己不至于只因为我的性格诙谐，在服装上有意和大家开开玩笑，就不敢信任我这样一位阔佬。这时候另外一位顾客进来了，老板暗示我把那个怪物藏起来，然后一路鞠躬地把我送到门口。

我马上就一直往那所房子那边跑，去找那弟兄俩，为的是要纠正刚才弄出来的错误，并叫他们帮忙解决这个问题，以免警察找到我，把我抓起来。我颇有些神经紧张。事实上，我心里极其害怕，虽

然这事情当然完全不能归咎于我；可是我很了解人
们的脾气，知道他们发现自己把一张一百万镑的钞
票当成一镑给了一个流浪汉的时候，他们就会对他
大发雷霆，而不是按理所当然的那样，去怪自己的
眼睛近视。

我走近那所房子的时候，我的紧张情绪渐渐平
静下来了，因为那儿毫无动静，使我觉得那个错误
一定还没有被发觉。我按了门铃。还是原先那个仆
人出来了。我说要见那两位先生。

"他们出门了。"这句回答说得高傲而冷淡，正
是他这一类角色的口吻。

"出门了？上哪儿去了？"

"旅行去了。"

"可是上什么地方呢？"

"到大陆上去了吧，我想是。"

"到大陆上去了？"

"是呀，先生。"

"走哪一边——走哪一条路？"

"那我可说不清，先生。"

"他们什么时候回来呢？"

"过一个月，他们说。"

"一个月！啊，这可糟糕！请你帮我稍微想点儿办法，我好给他们写个信去。这是非常重要的事情哩。"

"我实在没有办法可想。我根本不知道他们上哪儿去了，先生。"

"那么我一定要见见他们家里的一个什么人才行。"

"家里人也都走了，出门好几个月了——我想是到埃及和印度去了吧。"

"伙计，出了一个大大的错误哩。不等天黑他们就会回来的。请你告诉他们一声好吗？就说我到

144

这儿来过，而且还要接连再来找他们几次，直到把那个错误纠正过来。你要他们不必着急。"

"他们要是回来，我一定告诉他们，可是我估计他们是不会回来的。他们说你在一个钟头之内会到这儿来打听什么事情，叫我务必告诉你，一切不成问题，他们会准时回来等你。"

于是我只好打消原意，离开那儿。究竟葫芦里卖的是什么药呀！我简直要发疯了。他们会"准时"回来。那是什么意思？啊，也许那封信会说明一切吧，我简直把它忘了。于是把信拿出来看。信上是这样说的：

你是个聪明和诚实的人，这可以从你的面貌上看得出的。我们猜想你很穷，而且是个异乡人。信里装着一笔款。这是借给你的，期限是三十天，不要利息。期满时到这里来交代。

我拿你打了个赌。如果我赢了，你可以在我的委任权之内获得任何职务——这是说，凡是你能够证明自己确实熟悉和胜任的职务，无论什么都可以。

没有签名，没有地址，没有日期。

好家伙，这下子可惹上麻烦了！你现在是知道了这以前的原委的，可是我当时并不知道。那对我简直是个深不可测的、一团漆黑的谜。我丝毫不明白他们玩的是什么把戏，也不知道究竟是有意害我，还是好心帮忙。于是我到公园里去，坐下来想把这个谜猜透，并且考虑我应该怎么办才好。

过了一个钟头，我的推理终于形成了下面这样一个判断。

也许那两个人对我怀着好意，也许他们怀着恶意；那是无法断定的——随它去吧。他们是要了一个花招，或者玩了一个诡计，或是做了一个实验，反正总是这么回事；内容究竟怎样，无从判断——随它去吧。他们拿我打了一个赌，究竟是怎么赌的，无法猜透——也随它去吧。不能断定的部分就是这样解决了，这个问题的其余部分却是明显的、不成问题的，可以算是确实无疑的。

如果我要求英格兰银行把这张钞票存入它的主人账上，他们是会照办的，因为他们认识他，虽然我还不知道他是谁。可是他们会问我是怎么把它弄到手的，我要是照实告诉他们，他们自然会把我送入游民收容所；如果我撒一下谎，他们就会把我关到牢里去。假如我打算拿这张钞票到任何地方去存入银行，或是拿它去抵押借款，那也会引起同样的结果。所以无论我是否情愿，我不得不随时随地把这个绝大的负担带在身边，直到那两个人回来的时候。

它对我是毫无用处的，就像一把灰那么无用，然而我必须一面把它好好保管起来，仔细看守着，一面行乞度日。即便我打算把它白送给别人，那也送不掉，因为无论是老实的公民或是拦路行劫的强盗都决不肯接受它，或是跟它打什么交道。

那兄弟俩是安全的。即便我把钞票丢掉了，或是把它烧了，他们还是安然无事，因为他们可以叫银行止兑，银行就会让他们恢复主权；可是同时我却不得不受一个月的活罪，既无工资，又无利益——除非我帮人家赢得那场赌博（不管赌的是什么），获得人家答应给我的那个职位。我当然是愿意得到那个职位的，像他们那种人，在他们的委任权之内的职务是很值得一干的。

于是我就翻来覆去地想着那个职位。我的愿望开始飞腾起来。无疑地，薪金一定很多。过一个月就要开始，以后我就万事如意了。因此顷刻之间，我就觉得兴高采烈。

这时候我又在街上溜达了。一眼看到一个服装店，我起了一阵强烈的欲望，很想扔掉这身褴褛的衣服，让自己重新穿得像个样子。我置得起新衣服吗？不行，我除了那一百万镑而外，什么也没有。所以我只好强迫着自己走开。可是过了一会儿我又溜回来了。那种诱惑无情地折磨着我。在那一场激烈的斗争之中，我一定是已经在那家服装店门口来回走了五六次。最后我还是屈服了，我不得不如此。我问他们有没有做得不合身、被顾客拒绝接受的衣服。我所问的那个人一声不响，只向另外一个人点点头。我向他所指的那个人走过去，他也是一声不响，只点点头把我交代给另外一个人。我向那个人走过去，他说：

"马上就来。"

我等候着，一直等他把手头的事办完，然后他才领着我到后面的一个房间里去，取下一堆人家不肯要的衣服，选了一套最蹩脚的给我。我把它穿上。衣服并不合身，而且一点儿也不好看，但它是新的，我很想把它买下来；所以我丝毫没有挑剔，只是颇为胆怯地说道：

"请你们通融通融，让我过几天再来付钱吧。我身边没有带着零钱哩。"

那个家伙摆出一副非常刻薄的嘴脸，说道：

"啊，是吗？哼，当然我也料到了你没有带零钱。我看像你这样的阔人是只会带大票子的。"

这可叫我冒火了，于是我就说：

"朋友，你对一个陌生人可别单凭他的穿着来判断他的身份吧。这套衣服的钱我完全出得起，我不过是不愿意叫你们为难，怕你们换不开一张大钞票罢了。"

他一听这些话，态度稍微改了一点儿，但是他仍旧有点儿摆着架子回答我：

"我并不见得有多少恶意，可是你要开口教训人的话，那我倒要告诉你，像你这样凭空武断，认为我们换不开你身边可能带着的什么大钞票，那未免是瞎操心。恰恰相反，我们换得开！"

我把那张钞票交给他，说道：

"啊，那好极了。我向你道歉。"

他微笑着接了过去，那种笑容是遍布满脸的，里面还有褶纹，还有皱纹，还有螺旋纹，就像你往池塘里抛了一块砖那样；然后当他向那张钞票瞟了一眼的时候，这个笑容就马上牢牢地凝结起来了，变得毫无光彩，恰似你所看到的维苏威火山边那些小块平地上凝固起来的波状的、满是蛆虫似的一片一片的熔岩一般。我从来没有看见过谁的笑容陷入这样的窘况，而且继续不变。那个角色拿着钞票站在那儿，老是那副神气，老板赶紧跑过来，看看是怎么回事，他兴致勃勃地说道：

"喂，怎么回事？出了什么岔子吗？还缺什么？"

我说："什么岔子也没有。我在等他找钱。"

"好吧，好吧。托德，快把钱找给他，快把钱找给他。"

托德回嘴说："把钱找给他！说说倒容易哩，先生，可是请你自己看看这张钞票吧。"

老板望了一眼，吹了一声轻快的口哨，然后一下子钻进那一堆被顾客拒绝接受的衣服里，把它来回翻动，同时一直很兴奋地说着话，好像在自言自语似的：

"把那么一套不像样子的衣服卖给一位脾气特别的百万富翁！托德简直是个傻瓜——天生的傻瓜。老是干出这类事情。把每一个大阔佬都从这儿撵跑了，因为他分不清一位百万富翁和一个流浪汉，而且老是没有这个眼光。啊，我要找的那一套在这儿哩。请您把您身上那些东西脱下来吧，先生，把它丢到火里去吧。请您赏脸把这件衬衫穿上，还有这套衣服。正合适，好极了——又素净，又讲究，又雅致，简直就像个公爵穿得那么考究。这是一位外国的亲王定做的——您也许认识他哩，先生，就是哈利法克斯公国的亲王殿下；因为他母亲病得快死了，他就只好把这套衣服放在我们这儿，另外做了一套丧服——可是后来他母亲并没有死。不过那都没问题，我们不能叫一切事情老照我们……我是说，老照它们……哈！裤子没有毛病，非常合您的身，先生，真是妙不可言；再穿上背心，啊哈，又很合适！再穿上上身——我的天！您瞧吧！真是十全十美——全身都好！我一辈子还没有缝过这么得意的衣服哩。"

　　我也表示了满意。

　　"您说得很对，先生，您说得很对，这可以暂时对付着穿一穿，我敢说。可是您等着瞧我们照您自己的尺寸做出来的衣服是什么样子吧。喂，托德，把本子和笔拿来，快写。腿长三十二……"

　　如此这般等等。我还没有来得及插上一句嘴，他已经把我的尺寸量好了，并且吩咐赶制晚礼服、便装、衬衫，以及其他一切。后来我有了插嘴的机会，我就说：

　　"可是，老兄，我可不能定做这些衣服呀，除非你能无限期地等我付钱，要不然你能换开这张钞票也行。"

　　"无限期！这几个字还不够劲儿，先生，还不够劲儿。您得说永远永远——那才对哩，先生。托德，快把这批定货赶出来，送到这位先生公馆里去，千万别耽误。让那些小主顾们等一等吧。把这位先生的住址写下来，过几天……"

"我快搬家了。我随后再来把新住址给你们留下吧。"

"您说得很对，先生，您说得很对。您请稍等一会儿——我送您出去，先生。好吧——再见，先生，再见。"

哈，你明白从此以后会发生一些什么事情吗？我自然是顺水推舟，不由自主地到各处去买我所需要的一切东西，老是叫人家找钱。不出一个星期，我把一切需要的讲究东西和各种奢侈品都置备齐全，并且搬到汉诺威广场一家不收普通客人的豪华旅馆里去住了。

我在那里吃饭，可是早餐我还是照顾哈里士小饭铺，那就是我当初靠那张一百万镑钞票吃了第一顿饭的地方。我一下给哈里士招来了财运。消息已经传遍了，大家都知道有一个背心口袋里带着一百万镑钞票的外国怪人光顾过这个地方。这就够了。原来不过是个可怜的、撑一天算一天的、勉强混口饭吃的小买卖，这一下子可出了名，顾客多得应接不暇。哈里士非常感激我，老是拼命把钱借给我花，推也推不脱。因此我虽然是个穷光蛋，可是老有钱花，就像阔佬和大人物那么过日子。

我猜想迟早总会有一天西洋镜要被拆穿，可是我既已下水，就不得不泅过水去，否则就会淹死。你看，当时我的处境本来不过是一出纯粹的滑稽剧，可是就因为有了那种紧急的大祸临头的威胁，却使事情具有严重的一面和悲剧的一面。一到晚上，天黑之后，悲剧的部分就占上风，老是警告我，威胁我；所以我就只有呻吟，在床上翻来覆去，很难睡着觉。可是一到欢乐的白天，悲剧的成分就渐渐消失得无影无踪了，于是我就扬扬得意，简直可以说是快活到昏头昏脑、如痴如狂的地步。

那也是很自然的，因为我已经成为全世界最大

都会的有名人物之一了，这使我颇为骄傲，并不只
是稍有这种心理，而是得意忘形。你随便拿起一
种报纸，无论是英格兰的、苏格兰的，或是爱尔兰
的，总要发现里面有一两处提到那个"随身携带
一百万镑钞票的角色"和他最近的行动和谈话。

　　起初在这些提到我的地方，我总被安排在"人
事杂谈"栏的最下面，后来我被排列在爵士之上，
再往后又在从男爵之上，再往后又在男爵之上，由
此类推，随着名声的增长，地位也步步上升，直到
我达到了无可再高的高度，就继续停留在那里，居
于一切王室以外的公爵之上，除了全英大主教而
外，我比所有的宗教界人物都要高出一头。

　　可是你要注意，这还算不上名誉，直到这时候
为止，我还不过是闹得满城风雨而已。然后就来了
登峰造极的幸运——可以说是像武士受勋那个味
道——于是转瞬之间，就把那容易消灭的铁渣似

的丑名声一变而为经久不灭的黄金似的好名声了：《谐趣》杂志登了描写我的漫画！是的，现在我成名了，我的地位已经肯定了。难免仍然有人拿我开玩笑，可是玩笑之中却含着几分敬意，不那么放肆、那么粗野了；可能还有人向我微微笑一笑，却没有人向我哈哈大笑了。做出那些举动的时候已经过去了。《谐趣》把我画得满身破衣服的碎片都在飘扬，和一个伦敦塔的卫兵做一笔小生意，正在讲价钱。

啊，你可以想象得到那是个什么滋味：一个年轻小伙子，从来没有被人注意过，现在忽然之间，随便说句什么话，马上就会有人把它记住，到处传播出去；随便到哪儿走动一下，总不免经常听见人家一个个辗转相告："那儿走着的就是他，就是他！"吃早餐的时候，也老是有一大堆人围着看；一到歌剧院的包厢，就要使得无数观众的望远镜的火力都集中到我身上。

啊，我简直就一天到晚在荣耀中过日子——十足是那个味道。

你知道吗，我甚至还保留着我那套破衣服，随时穿着它出去，为的是享受享受过去那种买小东西的愉快。我一受了侮辱，就拿出那张一百万镑的钞票来，把奚落我的人吓死。但是我这套把戏玩不下去了。杂志已经把我那套服装弄得尽人皆知，以致我一穿上它跑出去，马上就被大家认出来了，而且有一群人尾随着我。如果我打算买什么东西，老板还不等我掏出我那张大票子来吓唬他，首先就会自愿把整个铺子里的东西赊给我。

大约在我的声名传播出去的第十天，我就去向美国公使致敬，借以履行我对祖国的义务。他以适合于我那种情况的热忱接待了我，责备我不应那么迟才去履行这种手续，并且说那天晚上他要举行宴

会，恰好有一位客人因病不能来，我唯一能够取得
他的谅解的办法，就是坐上那个客人的席位，参加
宴会。我同意参加，于是我们就开始谈天。从谈话
中我才知道他和我父亲从小就是同学，后来又同在
耶鲁大学读书，一直到我父亲去世，他们始终是
很要好的。所以他叫我一有空闲，就到他家里去，
这，我当然是很愿意的。

　　事实上，我不但愿意，我还很高兴。一旦大祸
临头，他也许还有什么办法可以挽救我，免得我遭
到完全的毁灭。我也不知道他能怎么办，可是他说
不定能够想出办法来。现在已经过了这么久，我不
敢冒失地把自己的秘密向他毫不隐讳地吐露；我在
伦敦有这种奇遇，如果在开始的时候就遇见他，我
是会赶快向他说明的。不行，现在我当然不敢说
了，我已经陷入旋涡太深，这是说，陷入不便冒失
地向这么一位新交的朋友说老实话的深度了，虽然

照我自己的看法，我还没有到完全灭顶的地步。

因为，你知道吗，我虽然借了许多钱，却还是小心翼翼地使它不超过我的财产——我是说不超过我的薪金。当然我没法知道我的薪金究竟会有多少，可是有一点我是有充分的根据可以估计得到的，那就是，如果这次赌打赢了，我就可以任意选择那位大阔佬的委任权之内的任何职务，只要我能胜任——而我又一定是能胜任的；关于这一点，我毫不怀疑。至于人家打的赌呢，我也不担心，我一向是很走运的。

说到薪金，我估计每年六百至一千镑。就算它头一年是六百镑吧，以后一年一年地往上加，一直到后来我的才干得到了证实，总可以达到那一千镑的数字。目前我负的债还只相当于我第一年的薪金。人人都想把钱借给我，可是我用种种借口谢绝了大多数人；所以我的债务只有三百镑借款，其余三百镑是赊欠的生活费和赊购的东西。我相信只要我继续保持谨慎和节省，我第二年的薪金就可以让我度过这一个月其余的日子，而我的确是打算特别注意，决不浪费。只待我这一个月完结，我的雇主旅行归来，我就一切都不愁了，因为我马上就可以把两年的薪金按比例分配还给我的债主们，并且立即开始工作。

那天晚上的宴会非常痛快，共有十四个人参加。寿莱迪奇公爵和公爵夫人、他们的小姐安妮、格莱斯、伊莲诺、赛勒斯特……德·波亨夫人、纽格特伯爵和伯爵夫人、奇普赛子爵、布莱特斯凯爵士和爵士夫人，还有些没有头衔的男女来宾、公使与他的夫人和小姐，还有他女儿的一位往来很密的朋友，是个二十二岁的英国姑娘，名叫波霞·郎汉姆。我在两分钟之内就爱上了她，她也爱上了我——我不用戴眼镜就看出来了。另外还有一个客人，是个美国人——可是我把故事后面的事情说到前面来了。在客厅里的客人一面吊着胃口等候用餐，一面冷淡地观察着迟到的客人们，这时候仆人又通报一位来客：

"劳埃德·赫斯丁先生。"

照例的礼节完了的时候，赫斯丁马上发现了我。他热情地伸出手，一直向我面前走来。当他正想和我握手时，突然停住，现出一副窘态说道：

"对不起，先生，我还以为认识您哩。"

"啊，你当然认识我，老朋友。"

"不。你莫非是——是——"

"腰缠万贯的怪物吗？就是我，一点儿不错。你尽管叫我的外号，无须顾忌，我已经听惯了。"

"哈，哈，哈，这可真是出人意外。有一两次我看到你的名字和这个外号连在一起，可是我从来没想到人家所说的那个亨利·亚当斯居然就是你。

你在旧金山给布莱克·哈普金斯当办事员，光拿点儿薪水，离现在还不到半年哩，那时候你为了点儿额外津贴，就拼命熬夜，帮着我整理和核对高尔德和寇利扩展矿山的说明书和统计表。哪儿想得到你居然会到伦敦来，成了这么大的百万富翁，而且是个鼎鼎大名的人物！嗨，这真是'天方夜谭'的奇迹又出现了。伙计，这简直叫我无法理解，无法体会；让我歇一会儿，好叫我脑子里这一阵混乱平定下来吧。"

"可是事实上，劳埃德，你的境况也并不比我坏呀。我也不明白这是怎么回事哩。"

"哎呀，这的确是叫人大吃一惊的事情，是不是？我们俩到矿工饭店去的那一回，离今天刚好是三个月，那回我们……"

"不对，去的是迎宾楼。"

"对，确实是迎宾楼，深夜两点去的，我们拼了六个钟头把那些文件搞定，才到那儿去吃了一块排骨，喝了杯咖啡，当时我打算劝你和我一同到伦敦来，并且自告奋勇地要替你去告假，还答应给你出一切费用，只要买卖成功，我还要分点儿好处给你。可是你不听我的话，说我不会成功，你说你耽误不起，不能把工作的顺序打断，等到回来的时候不知要花多少时间才能接得上头。现在你却到这儿来了。这是多么稀奇的事情！你究竟是怎么来的，到底是什么原因使你交到这种不可思议的好运呢？"

"啊，那不过是一桩意外的事情。说来话长——简直可以说是一篇传奇小说。我会把一切经过告诉你，可是现在不行。"

"什么时候？"

"这个月底。"

"那还有半个多月哩。叫一个人的好奇心熬

这么长一段时间，未免太令人难受了。一个星期好吧？"

"那不行。以后你会知道为什么。可是你的买卖做得怎么样呢？"

他的愉快神情马上烟消云散了，他叹了一口气，说道：

"你真是个地道的预言家，亨利，地道的预言家。我真后悔，不该来。现在我真不愿意谈这桩事情。"

"可是你非谈不可。我们离开这儿的时候，你千万跟我一道走，今晚上就住在我那儿，把你的事情谈个痛快。"

"啊，真的吗？你是认真的吗？"他的眼睛里闪着泪花。

"是呀，我要听听整个故事，原原本本的。"

"我真是感激不尽！我在这儿经历过一切人情

世故之后，想不到又能在别人的声音里和别人的眼睛里发现对我和我的事情的亲切关怀——天哪！我恨不得跪在地下给你道谢！"

他使劲紧握我的手，精神焕发起来，从此就痛痛快快、兴致勃勃地准备着入席——不过酒席还没有开始哩。不，照例，问题发生了，那就是照那缺德的、可恼的英国规矩老是要发生的事情——席次问题解决不了，所以就吃不成饭。英国人出去参加宴会的时候，照例先吃了饭再去，因为他们很知道他们所要冒的危险；可是谁也不会警告一下外行的人，因此外行人就老老实实走入圈套了。

当然这一次谁也没有上当，因为我们都有过参加宴会的经验，除了赫斯丁之外，一个生手也没有，而他又在公使邀请他的时候听到公使说过，为了尊重英国人的习惯，他根本就没有预备什么酒席；每位客人都挽着一位女客，排着队走进餐厅，

因为照例是要经过这个程序的，可是争执就在这儿
开始了。

寿莱迪奇公爵要出人头地，要在宴席上坐首
位，他说他比公使地位还高，因为公使只代表一个
国家，而不是一个王国；可是我坚持我的权利，不
肯让步。在杂谈栏里，我的地位高于王室以外的一
切公爵，我就根据这个理由，要求坐在他的席位之
上。我们虽然争执得很厉害，问题始终无法解决，
后来他就冒冒失失地打算拿他的家世和祖先来炫耀
一番，我猜透了他的王牌是征服王，就拿亚当将他
顶了回去，我说我是亚当的嫡系后裔，由我的姓就
可以证明，而他不过是属于支系的，这可以由他的
姓和晚期的诺尔曼血统看出来。于是我们大家又排
着队走回客厅，在那儿吃站席——一碟沙丁鱼，一
份草莓，各人自行结合，站着吃。

这儿的席次问题争得并不那么厉害，两个地位

最高的贵客扔了一个先令来猜，赢了的人先尝草莓，输了的人得那个先令。然后其次的两位又猜，再轮到下面两位，依次类推。吃过东西之后，桌子搬过来了，我们大家一齐打克利贝①，六个便士一局。英国人打牌从来不是为了什么消遣。如果不能赢钱或是输钱——是输是赢他们倒不在乎——他们就不玩。

我们玩得真痛快，开心的当然是我们俩——郎汉姆小姐和我。我简直让她弄得神魂颠倒，手里的牌一到两个顺以上，我就数不清，计分到了顶也老是看不出，又从外面的一排开始。

本来是每一场都会打输的，幸亏那个姑娘也是一样，她的心情正和我的相同，你明白吧，所以我们俩老是玩个没完，谁也没有输赢，也根本不去想

---

① 克利贝：一种纸牌游戏。——编者注

一想那是为什么。我们只知道彼此都很快活，其他一切我们都无心过问，并且还不愿意被人打搅。

我干脆就告诉了她——我当真对她说了——我说我爱上了她。她呢——哈，她羞答答地，连头发都涨红了，可是她爱听我那句话，她亲自对我说的。啊，一辈子没有像那天晚上那么痛快过！我每次算分的时候，老是加上一个尾巴；她算分的时候，就表示默认我的意思，数起牌来也和我一样。我哪怕是说一声"再加两分"，也要添上一句："你长得多漂亮！"于是她就说："十五点得两分，再十五点得四分，又一个十五点得六分，再来一对得八分，又加八分就是十六分——你真有这个感觉吗？"——她从眼睫毛下面瞟着我，你明白吗，真漂亮，真可爱。啊，那实在是妙不可言！

可是我对她非常老实，非常诚恳。我告诉她说，我根本是一文不名，只有她听见大家说得非常热闹的那张一百万镑的钞票，而那张钞票又不是我的。这可引起了她的好奇心，于是我低声地讲下去，把全部经过从头到尾给她说了一遍，这差点儿把她笑死了。

究竟她觉得有什么好笑的，我简直猜不透，可是她就老是那么笑。每过半分钟，总有某一点新的情节逗得她发笑，我就不得不停住一分半分钟，好让她有机会平静下来。啊，她简直笑成残废了——真的，我从来没有见过这种笑法。我是说从来没有见过一个痛苦的故事——一个人的不幸、焦虑和恐惧的故事——竟会产生那样的反应。我发现她在没有什么事情可高兴的时候，居然这么高兴，因此就更加爱她了。你懂吗，照当时的情况看来，我也许不久就需要这么一位妻子哩。

当然，我告诉了她，我们还得等两年，要等我的薪金还清了债之后才行；可是她对这点并不介

意，她只希望我在花钱方面越小心越好，千万不要
开支太多，丝毫也不能使我们第三年的薪金有受到
侵害的危险。然后她又开始感到有点儿着急，怀疑
我们是否估计错误，把第一年的薪金估计得高过我
所能得到的。这倒确实很有道理，不免使我的信心
减退了一些，心里不像从前那么有把握了；可是这
使我想起了一个很好的主意，我就把它坦白地说了
出来。

"波霞，亲爱的，到那一天我去见那两位先生
的时候，你愿意陪我一道去吗？"

她稍微有点儿畏缩，可是她说：

"可——是——可——以，只要我陪你去能够
给你壮壮胆。不过——那究竟合适不合适呢，你
觉得？"

"嗯，我也不知道究竟合适不合适，事实上，
我恐怕那确实不大好；可是你要知道，你去与不

去，关系是很大的，所以……"

"那么我就决定去吧，不管它合适不合适，"她流露出一股可爱和豪爽的热情，说道，"啊，我一想到我也能对你有帮助，真是高兴极了！"

"你说有帮助吗，亲爱的？啊，那是完全仗着你呀。像你这么漂亮、这么可爱、这么迷人的姑娘陪我一道去，我简直可以把薪金的要求抬得很高很高，准叫那两个好老头儿破了产还不好意思拒绝哩。"

哈！你真该看到她那通红的血色涨到脸上来，那双快活的眼睛里发着闪光的神气啊！

"你这专会捧人的调皮鬼！你说的一句老实话也没有，不过我还是陪你去。也许可以给你一个教训，叫你别指望人家也用你的眼光来看人。"

我的疑团是否消除了呢？我的信心是否恢复了呢？你可以拿这个事实来判断：我马上就暗自把第

一年的薪金提高到一千二百镑了。可是我没有告诉她，我留下这一招，好叫她大吃一惊。

　　一路回家的时候，我就像腾云驾雾一般，赫斯丁说个不停，我却一个字也没有听见。他和我走进我的会客室的时候，便很热烈地赞赏我那些各色各样的舒适陈设和奢侈用品，这才使我清醒过来。

　　"让我在这儿站一会儿，我要看个够。好家伙！这简直是皇宫——地道的皇宫！这里面一个人所能希望得到的，真是应有尽有，包括惬意的煤炉，还有晚餐也预备好了。亨利，这不仅叫我明白你有多么阔气，还叫我深入骨髓地看透我自己穷到了什么地步——我多么穷，多么倒霉，多么泄气，多么走投无路、一败涂地！"

　　真该死！这些话叫我直打冷战。他这么一说，把我吓得一下子醒过来，我恍然大悟，知道自己站在一块半英寸厚的地壳上，脚底下就是一座火山的喷火口。我原来根本就不知道自己是在做大梦——这就是说，刚才我不曾让自己明了这种情形。可是现在——啊，天哪！债台高筑，一文不名，一个可爱的姑娘的命运，是福是祸，关键在我手里，而我的前途却很渺茫，只有一份薪金，还说不定能否——啊，简直是绝不可能——实现！啊，啊，啊！我简直是完了，毫无希望！毫无挽救的办法！

"亨利，你每天的收入，只要你毫不在意地漏掉一点一滴，就可以……"

"啊，我每天的收入！来，喝下这杯热威士忌，把精神振作一下吧。我和你干这一杯！啊，不行——你饿了，坐下来，请……"

"我一点儿也吃不下，我不知道饿了。这些天来，我简直不能吃东西；可是我愿意陪你喝酒，一直喝到醉倒。来吧！"

"酒鬼对酒鬼，我一定奉陪！准备好了吗？我们就开始吧！好，劳埃德，现在趁我调酒的时候，你把你的故事讲一讲吧。"

"我的故事？怎么，再讲一遍？"

"再讲？你这是什么意思？"

"噢，我是说你还要再听一遍吗？"

"我还要再听一遍？这可叫我莫名其妙哩。等一等，你别再喝这种酒了吧。你喝了不相宜。"

"怎么的，亨利？你把我吓坏了。我到这儿来的时候，不是在路上把整个故事都给你讲过了吗？"

"你？"

"是呀，我。"

"真糟糕，我连一个字也没听见。"

"亨利，这可是桩严重的事情。真叫我难受。你在公使那儿干什么来着？"

　　这下子我才恍然大悟，于是我就爽爽快快地说了实话。

　　"我把世界上最可爱的姑娘——俘虏到手了！"

　　于是他一下子跑过来，我们就互相握手，拼命地握了又握，把手都握痛了。我们走了三英里路，一路上他一直都在讲他的故事，我却一个字都没有听见，他也并不见怪。他本是个有耐心的老好人，现在他乖乖地坐下，又从头到尾讲了一遍。概括起来，他的经历大致是这样：他抱着很大的希望来到英国，原以为自己有了一个难得的发财机会。他获得了"揽售权"，替高尔德和寇利扩展矿山计划的勘测者们出卖开采权，售价超出一百万镑的部分都归他得。他曾极力进行，凡是他所知道的线索，他都没有放过，一切正当的办法他都试过了，他所有的钱差不多已经花得精光，可是始终不曾找到一个资本家相信他的宣传，而他的"揽售权"在这个月

底就要满期了。总而言之,他垮台了。后来他忽然跳起来,大声喊道:

"亨利,你能挽救我!你能挽救我,而且你是世界上唯一能挽救我的人。你肯帮忙吗?你干不干?"

"你说怎么办吧。干脆说,伙计。"

"给我一百万镑和我回家的旅费,我把'揽售权'转让给你!你可别拒绝,千万要答应我!"

我当时觉得很苦恼。我几乎脱口而出地想这么说:"劳埃德,我自己也是个穷光蛋呀——确实是一文不名,而且还负了债!"可是我突然灵机一动,计上心来,我拼命咬紧牙关,极力镇定下来,直到我变得像个资本家那么冷静。然后我以生意经的沉着态度说道:

"我一定救你一手,劳埃德——"

"那么我就等于已经得救了!老天爷永远保佑

你！只要我有一天⋯⋯"

"让我说完吧，劳埃德。我决定帮你的忙，可不是那个帮法，因为你拼命干了一场，还冒了那么多风险，那个办法对你是不公道的。我并不需要买矿山，我可以让我的资本在伦敦这么个商业中心周转，无须搞那种事业。我在这儿就经常是这么活动的。现在我有这么一个办法。那个矿山我当然知道得很清楚，我知道它的了不起的价值，随便谁叫我赌个咒我都干。你尽管用我的名义去兜揽，在两星期之内就可以作价三百万现款卖掉，赚的钱我们俩对半分好了。"

你知道吗，要不是我把他绊倒，拿绳子把他捆起来的话，他在一阵狂喜中乱蹦乱跳，简直会把家具都弄成柴火，我那儿的一切东西都会叫他捣毁了。

于是他非常快活地躺在那儿，说道：

"我可以用你的名义！你的名义——好家伙！嘿，他们会一窝蜂跑来，这些伦敦的阔佬们，他们会抢购这份股权！我已经成功了，永远成功了，我一辈子也忘不了你！"

还不到二十四小时的光景，伦敦就热闹开了！我一天天都终日无所事事，光只坐在家里，对探询的来客们说：

"不错，是我叫他要你们来问我的。我知道这个人，也知道这个矿。他的人格是无可非议的，那个矿的价值比他所要求的还高得多。"

同时我每天晚上都在公使家里陪波霞玩。关于矿山的事，我对她只字不提，故意留着叫她大吃一惊。我们只谈薪金，除了薪金和爱情之外，绝口不谈别的；有时候谈爱情，有时候谈薪金，有时候连爱情带薪金一起谈。啊！公使的太太和小姐对我们的事情多么关怀，她们千方百计不叫我们受到打搅，并且让公使老在闷葫芦里，丝毫不知道这个秘密，真是煞费苦心——她们这样对待我们，真是了不起！

后来到了那个月末尾，我已经在伦敦银行立了一百万镑的存折，赫斯丁也有了那么多存款。我穿上最讲究的衣服，乘着车子从波特兰路那所房子门前经过，从一切情况判断，知道我那两个角色又回来了。于是我就到公使家里去接我的宝贝，再和她一道往回转，一路拼命地谈着薪金的事。她非常兴奋和着急，这种神情简直使她漂亮得要命。我说：

"亲爱的，凭你这个漂亮的模样儿，要是我提出薪金的要求，比每年三千镑少要一个钱都是罪过。"

"亨利，亨利，你别把我们毁了吧！"

"你可别担心。你只要保持那副神气就行了，一切有我。准会万事如意。"

　　结果是，一路上我还不得不给她打气。她老是
劝我不要太大胆，她说：

　　"啊，请你记住，我们要是要求得太多，那就
说不定根本得不到什么薪金；结果我们弄得走投无
路，无法谋生，那会遭到什么结局呢？"

　　又是那个仆人把我们引了进去，果然那两位老
先生都在家。他们看见那个"仙女"和我一道，当
然非常惊奇，可是我说：

　　"这没有什么，先生们，她是我未来的伴侣和
内助。"

　　于是我把她介绍给他们，并且直呼他们的名
字。这并不使他们吃惊，因为他们知道我会查姓名
住址簿。他们让我们坐下，对我很客气，并且很热
心地使她解除局促不安的感觉，尽力叫她感到自
在。然后我说：

　　"先生们，我现在准备报告了。"

"我们很高兴听,"那位先生说,"因为现在我们可以判断我哥哥亚培尔和我打的赌谁胜谁负了。你要是给我赢了,就可以得到我的委任权以内的任何职位。那张一百万镑的钞票还在吗?"

"在这儿,先生。"我马上就把它交给他。

"我赢了!"他叫喊起来,同时在亚培尔背上拍了一下,"现在你怎么说呢,哥哥?"

"我说他的确是熬过来了,我输了两万镑。我本来是决不会相信的。"

"另外我还有些事情要报告,"我说,"话可长得很。请你们让我随后再来,把我这整个月里的经过详细地说一遍,我担保那是值得一听的。现在请你们看看这个。"

"啊,怎么!二十万镑的存单。那是你的吗?"

"是我的。这是我把您借给我的那笔小小的款子适当地运用了三十天赚来的。我只不过拿它去买过一些小东西，叫人家找钱。"

"哈，这真是了不起！简直不可思议，伙计！"

"算不了什么，我以后可以说明原委。可别把我的话当作无稽之谈。"

可是现在轮到波霞吃惊了。她的眼睛睁得大大的，说道：

"亨利，那难道真是你的钱吗？你是不是在对我撒谎呢？"

"亲爱的，一点儿不错，我是撒了谎。可是你会原谅我，我知道。"

她把嘴噘成个半圆形，说道：

"可别自以为太有把握了。你真是个淘气鬼——居然这么骗我！"

"哦，你回头就会把它忘了，宝贝，你回头就会把它忘了。这不过是开开玩笑，你明白吧。好，我们走吧。"

"等一会儿，等一会儿！还有那个职位呢，你记得吧。我要给你一个职位。"那位先生说。

"啊，我真是感激不尽，"我说，"可是我现在实在不打算要一个职位了。"

"在我的委任权之内，你可以挑一个最好最好的职位。"

"多谢多谢，我从心坎里谢谢您，可是我连那么一个职位都不想要了。"

"亨利，我真替你难为情。你简直一点儿也不领这位老好先生的情。我替你谢谢他好吗？"

"亲爱的，当然可以，只要你能谢得更好。且看你试试你的本领吧。"

她向那位先生走过去，坐到他怀里，伸出胳膊抱住他的脖子，对准了他的嘴唇亲吻。于是那两位老先生哈哈大笑起来，可是我却莫名其妙，简直可以说是吓呆了。波霞说：

"爸爸，他说在你的委任权之内无论什么职位他都不想要，我觉得非常委屈，就像是……"

"我的宝贝，原来他是你的爸爸呀！"

"是的，他是我的继父，世界上从来没有过的最亲爱的爸爸。那天在公使家里，你不知道我的家庭关系，对我谈起爸爸和亚培尔伯伯的把戏如何使你烦恼和着急的时候，我为什么听了居然会笑起来，现在你总该明白了吧？"

这下子我当然就把老实话说出来，不再开玩笑了，于是我就开门见山地说：

"哦，我最亲爱的先生，我现在要收回刚才那句话。您果然是有一个职位要找人担任，而这正合我的要求。"

"你说是什么吧。"

"女婿。"

"好了，好了，好了！可是你要知道，你既然从来没有干过这个差事，那你当然就没有什么特长，可以符合我们合同的条件，所以……"

"让我试一试吧——啊，千万答应我，我求您！只要让我试三四十年就行，如果……"

"啊，好吧，就这么办。你要求的只是一桩小事情，叫她跟你去吧。"

快活吗，我们俩？翻遍整本大词典也找不出一个字眼来形容它。一两天之后，伦敦的人们知道了我在那一个月之中拿那张一百万镑的钞票所干的种种事情以及最后的结局，大家是否大谈特谈，非常开心呢？是的。

我的波霞的父亲把那张帮人忙的、豪爽的钞票拿回英格兰银行去兑了现。银行随后注销了那张钞票，并当作礼物送给他，他又在我们举行婚礼时转赠给我们。从此以后这张钞票就给配了镜框，一直挂在我们家里最神圣的地方，因为它给我招来了我的波霞。要不是有了它，我就不可能留在伦敦，不会在公使家里露面，也根本就不会和她相会。所以我常常说："不错，那分明是一张一百万镑的钞票，不容置疑；可是它流通以来只用过一次，而这一次我只不过花了十分之一的价钱就把它弄到手了。"

张友松　译